フィリア
ミリア

セレン

万能「村づくり」チートでお手軽スローライフ

万能「村づくり」チートでお手軽スローライフ

vol.3

村ですが何か？

物紹介

ルーク

主人公。
アルベイル侯爵の息子で
前世の記憶を持つ。

セレン

ルークの元婚約者。
氷剣姫という二つ名を持つ。
ルークが大好き。

ミリア

ルークのメイド。
追放されたルークに付き従った。
ルークのことが…

登場人

フィリア

エルフの戦士長。
族長の娘でもあり、村の
あるものに嵌まっている。

ラウル

ルークの弟。
ギフト『剣聖技』を持つ。

エデル

ルークの父親で
アルベイル侯爵。
戦いを好む。

前巻までのあらすじ

乱世の異世界へと転生し、領主の息子として生まれたルークは、
十二歳の祝福で『村づくり』という戦いに役立たないギフトを授かってしまう。
しかも、弟のラウルが『剣聖技』のギフトを授かり立場が完全に逆転、
ルークは父親により領都から追放されてしまった。
不毛の荒野へと辿り着いたルークだったが、
そこで謎のギフト『村づくり』が発動、あっという間に村が出来てしまう。
この小さな村で細々と暮らしていこう。
そう思っていたのだが——
村人が増え、どんどんギフトのレベルが上がり『村づくり』も進化していく。

気づけば高層建築が立ち並び、最高の美食と暮らし心地、
そして最強の軍事力を誇る「村」と化していた……！
「いや、これもう村じゃないよね？　僕のスローライフどこいった…？」

エルフにドワーフにダンジョンマスター、ツリードラゴンも仲間となって
ルークたちは、最強の弟ラウルの軍勢を蹴散らしたのだった。

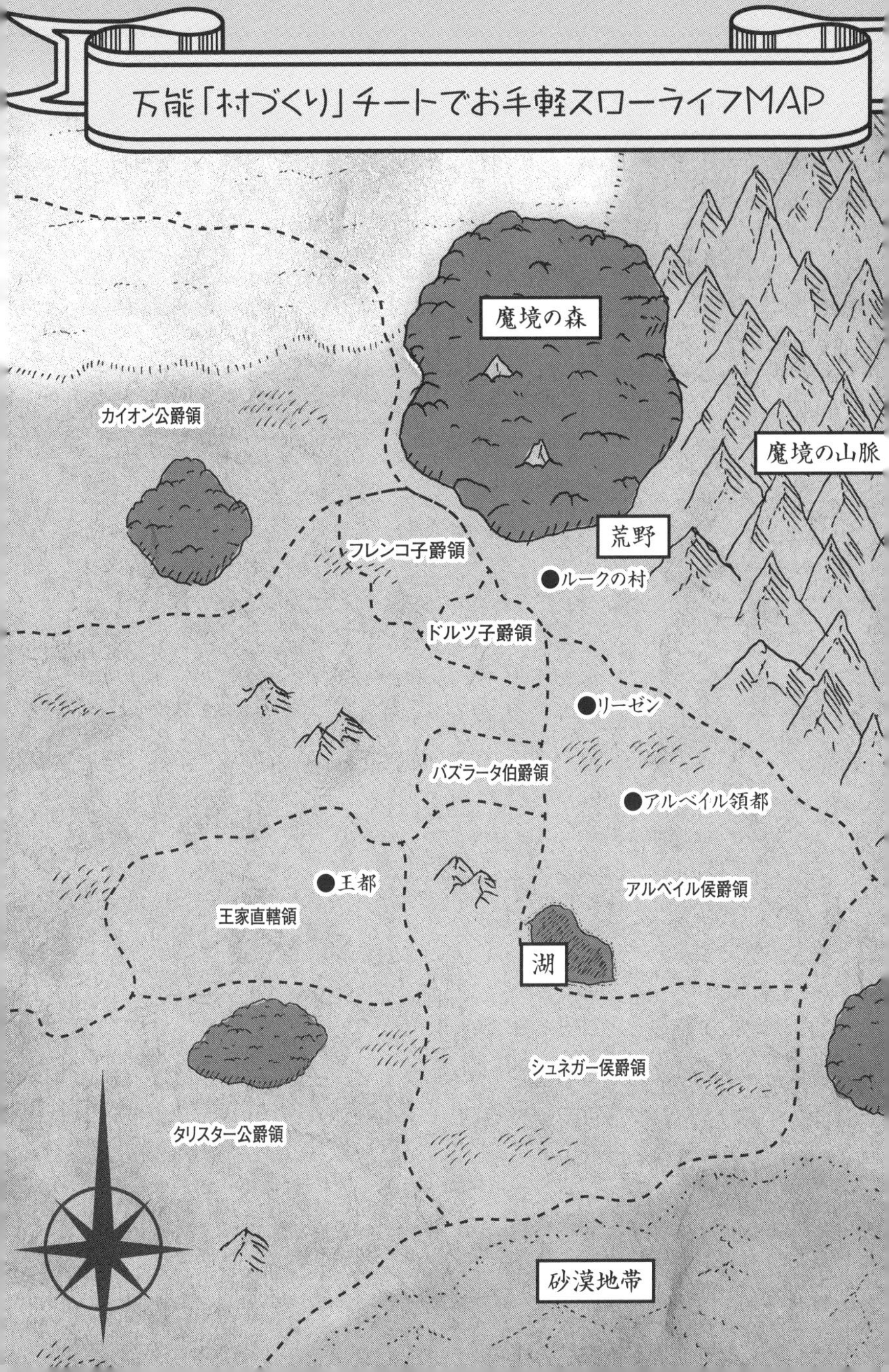
万能「村づくり」チートでお手軽スローライフMAP
魔境の森
魔境の山脈
カイオン公爵領
荒野
フレンコ子爵領
ルークの村
ドルツ子爵領
リーゼン
バズラータ伯爵領
アルベイル領都
王都
アルベイル侯爵領
王家直轄領
湖
シュネガー侯爵領
タリスター公爵領
砂漠地帯

もくじ

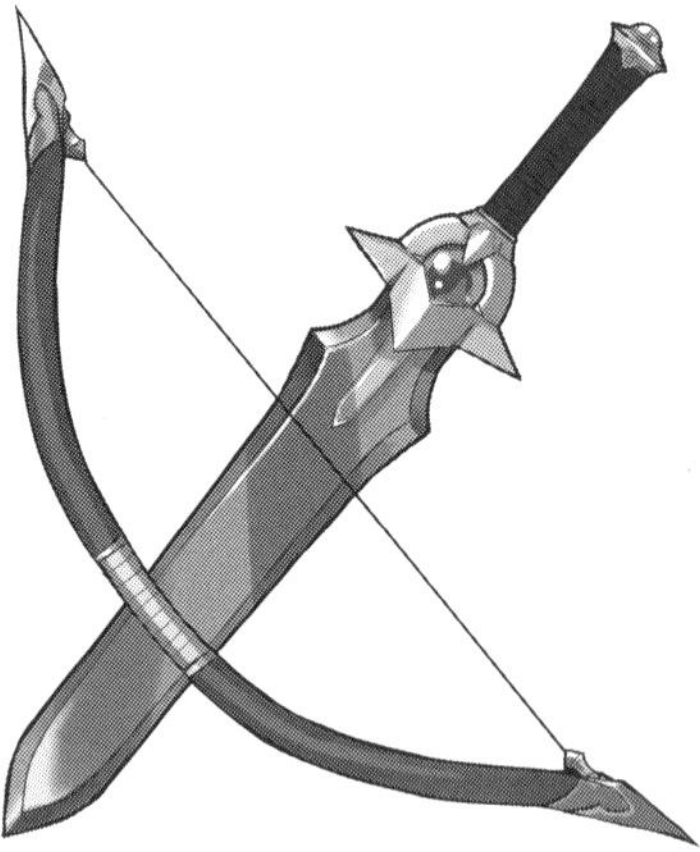

プロローグ

ラウル軍が撤退してから一か月。

「ルーク様、どうかこの村に住まわせてください！」

「うん、いいよ」

「我々もお願いします！」

「どうぞ」

「ルーク様！」

「う、うん……」

あれから移住者の増加ペースがまた上がっていた。

というのも、ラウル軍に所属していた兵士たちが、故郷の家族を連れ、こぞってここ荒野の村へと戻ってきたからだ。

「ルーク村長の人柄に触れ、ぜひ家族で移住したいと思ったのです（あと、美味い酒と食べ物と快適な住居！）」

「私はこの新しい村の発展に貢献したいと思いまして！（ミノタウロス肉を食いたい……じゅるり……）」

「この村の戦士たちの強さに感銘を受けたのだ！　俺ももっと強くなりたい！（あの気持ちのいいトイレを……ハァハァ……）」

それらしい理由を並べてはいるけれど、何となく他意がある気が……。

しかも彼らはそれぞれの故郷で、この村のことを言い触らしてきたらしい。

アルベイル領各地から集められていた兵士たちなので、この村の噂は、今や領都はもちろんのこと、辺境の村々にまで轟《とどろ》いているという。

その結果、少し遅れてから大きな第二波がやってきた。

そうしてラウル軍を迎え撃ったときは一万人を超えたばかりだった村人の数が、たったの一か月で一万五千人にまで膨れ上がってしまったのだった。

「アルベイル領に税金も払ってないし……さすがにラウルに怒られる気が」

本当に村レベルだったら甘く見てもらえただろうけど、そう言い張るのは難しくなってきたかもしれない。

「とっくに村レベルではなかったかと……」

と、元代官のダントさんが呆れたように言いつつ、

「強気で構わないと思いますよ。我々は戦いに勝ったわけですから。しかし、そろそろ北郡に私の

代わりの代官が着任する頃でしょう。代官によっては何か要求してくるかもしれませんが、その際の交渉はお任せください」

ダントさんがいると心強い。

……まぁ、そのダントさんが代官を続けてくれていたら、もっとやり易かったんだけど。

◇◇◇

「どうもー、新しく代官として派遣されてきたミシェルだよー。みんなよろしくねー」

北郡の行政を執り行う役所。新代官を迎えるとあって、緊張した面持ちの職員たちの前に現れたのは、やけに軽薄そうな男だった。

「あれー、それにしても随分と数が少ない気がするんだけれど？」

「は、はい。実は最近、職員の中にも荒野の街に移住してしまう者が多くいまして……」

申し訳なさそうに答えたのは、代官の業務を補佐する事務方の長だ。

「なるほどねぇ、北郡最大の都市だって聞いてたのに、街が随分と寂れてたのもそのせいかなー？」

「その通りです。現在、住民の流出が後を絶たず、我が郡の行政は大変厳しい状態と言えます。ですが、荒野の街を北郡に組み込み、しっかりと税を徴収することができれば……」

「ふむふむ。ちなみにその街の資料とかあるかなー？」

「こ、こちらに！」

　手渡された資料にミシェルは目を通していく。

「ところで実際にこの街を調査した人は？」

「それが……一度でも調査に行った者は、その後、役所を辞めてその荒野の街に……」

「あはは、軽く聞いてはいたけど、凄い街だねぇ（前代官も移住しちゃったって言うし。っていうか、この資料マジかな？　俄《にわ》かには信じられないことばっかりなんだけど……。これが本当なら、確かにそれだけ移住希望者が出るのも納得だよねぇ）」

　ミシェルは、よし、と言って手を叩いた。

「じゃあ、ひとまず挨拶がてら、その街に行ってみようか」

「おおっ、では交渉してくださるのですね？」

「そうだねぇ（本当は上から厳命されてるんだけどね。『荒野の街には絶対に行くな』って）」

「もし荒野の街を北郡に取り込めれば、財政も一気に立て直せるはず……っ！」

　目を輝かせる職員に対して、新代官は苦笑気味に首を振った。

「いやいや、違うよ。もし交渉するにしても、逆だよ、逆」

「逆……？」

「そそ」

首を傾《かし》げる職員たちへ、彼は事もなげに言うのだった。

「荒野の街を北群の一部にするんじゃなくって、北郡を荒野の街の一部にしてもらうの」

「……はい？」

第一章　北郡

「どうもどうも、新しく北郡の代官になったミシェルです。よろしくどうぞ〜」

村に挨拶に来た新代官は、随分と気さくというか、軽いノリの人だった。

こんなやつに代官が務まるのかとばかりに、前代官のダントさんが眉を顰《ひそ》めている。

「えーと、村長のルークです。わざわざお越しいただき、ありがとうございます」

「いやいや、そう畏《かしこ》まられると困りますよー。あくまで私はアルベイル家に仕える身分ですからねえ」

僕が実家を追い出された身と知ってるはずだけれど、それでも一応は主筋として敬うという立場を示してくる。

ただ、こちらとしてはおいそれと警戒を解くわけにはいかない。

ダントさんによると、新代官は元々貧しい家の出で、また武人でもないというのに、その実務能力を買われて代官にまで上り詰めた人だ。

いわゆる叩き上げというやつで、今までは西郡の方で代官をしていたが、今回この北郡へと転勤してきたのである。

「（ラウル様というより、恐らくは彼のサポートのために領都に残ったアルベイルの家臣団が選んだのでしょう。私も詳しくは知りませんが、噂では相当なやり手だとか。この難しい状況にある北郡の代官を任されるほどの男ですし、相手の態度に騙《だま》されてはいけません）」

ダントさんがこっそり耳打ちしてくる。

「……それにしても随分と凄い街ですねぇ。綺麗で活気に溢《あふ》れ、道端にゴミが転がっていたりもしなければ浮浪者もいない。美味しい食べ物が沢山あって、住民たちは快適な住まいが保障されている。聞けば、いつでも誰でも入れる公衆浴場なるものがあるとか。移住者が続出するのも納得ですよ。私もこんな街に住んでみたいですねー」

手放しで村のことを褒め称《たた》えるミシェルさん。

「それで、実は折り入ってルーク様にご提案が」

不意に真剣なトーンで切り出してきて、急に空気が張り詰めた。

どうやらここからが本題のようだ。ダントさんが「下手な要求をしてきてみろ、この私が許さんぞ」と目を光らせる中、ミシェルさんは言った。

「北郡をこの街の一部にしてくださいお願いします」

「ふん、そんな話、呑《の》めるわけが——へっ？」

反射的に突っ撥《ぱ》ねようとしたダントさんが、頓狂《とんきょう》な声を上げた。

「北郡をこの村の一部に……？　この村を北郡の一部にするんじゃなくて……？」

「ははは、今やこの街、人口でも産業でも軍事力でも、北郡最大の都市リーゼンを大きく上回っていますからねー。いえ、むしろ北郡全体と比較したって上でしょうねぇ。そんな街をどうこうできるだなんて端《はな》から思ってませんよ。そもそもこの街のことは放っておくようにと、上から言われちゃってますし。だからこれ、ぜーんぶ私の独断です」

ミシェルさんはニヤリと悪い笑みを浮かべる。

元代官のダントさんは頬を引き攣《つ》らせた。

「すでに多数の住民がこの街に移住し、その流れは収まる気配もありません。放っておいたら北郡から人がいなくなって、完全に吸収されてしまうでしょうからねぇ。それならもういっそのこと、今のうちに仲間に入れてもらおうかと」

「だ、だが、それを独断でやるなど……」

「バレなければいいんですよー、バレなければ」

「なっ……」

絶句するダントさんを余所《よそ》に、ミシェルさんは笑顔でお願いしてくる。

「そうして北郡を取り込んだ暁には、ぜひ都市リーゼンにも、この街のような快適な居住区を作っていただけると嬉しいです。あと作物が信じられないくらいよく育つ畑とか、できれば公衆浴場なんかも欲しいですねー」

「ば、馬鹿を言え、幾らルーク様のギフトでも、そんな遠くに……」

「できますけど」

「えっ？」

結論から言えば、可能だ。

なにせすでにこの村の領域、すなわち村スキルが使える範囲は、北郡全域を覆うレベルにまで広がっているのだから。

もちろん、北郡の住民たちを全員村人にすることも可能だ。

……いいの？


そんなわけで、北郡を丸ごと村に取り込むことになった。

確かに住民がどんどん流出し続けているのは僕のせいだし、放っておくわけにもいかないと思ったからだ。

と言っても、北郡の政務そのものは今まで通りミシェルさんが行う。

僕はあくまで荒野の村の村長なので、単に施設などを建設したりするだけだ。

　ただ、その代わり北郡の住民たちを村人として登録させてもらうことにした。その分、村ポイントが入ってくることになるからね。

「なるほどー。施設を作るにはそのポイントなるものが必要で、それには村人が増えた方がいい、ということですかー」

「はい。村人になっても特にデメリットはないので安心してください。ギフト上のものなので外から判別もできませんし、いつでも解除することが可能です」

　……強いて言えば、村人鑑定というスキルを使うと個人情報が僕に筒抜けになってしまうデメリットがあるんだけど……そこは秘密にしておこう。

「それにしても、何で僕の能力がリーゼンまで及ぶと？」

「あくまで推測ですよー、推測。ラウル様の軍が野営していたところに、ルーク様が忽然《こつぜん》と現れたという話を聞きまして。ルーク様のお力は、実はもっと広い範囲にまで及ぶのではと思いましてねえ」

　何でもないように言うミシェルさんだけれど、敵陣の大将の元に単身で現れたなんて、普通はただの法螺話《ほらばなし》かと思うだけだろう。そこから冷静に僕の力を推理してしまうなんて……。

「それじゃあ、まずは道路からですね」

「道路？」

　僕たちは村の外に来ていた。

真っ直ぐ南に向かって延びている石畳の道。これもギフトで作ったもので、今のところ荒野を縦断した後に途切れ、元からあった北郡の街道に連結している。

〈道路：石畳の道路。疲労軽減、移動速度アップ〉

と説明文にもある通り、現時点でも移住者や商人団が「凄く歩きやすい」「なぜか急に馬が元気になった」と絶賛してくれているのだけれど、施設グレードアップのスキルを使うことで、その性能をさらに高めるつもりだった。

「ええと、『移動速度アップ』を、さらに高めて……」

僕は村ポイントを消費し、「移動速度アップ」を大幅に強化した。

「これで速く歩けるようになったはず……わっ？」

まるで身体が羽毛にでもなったかのようだった。軽く歩き始めただけで、一気に数メートルも進んでしまう。

「凄い凄い！　めちゃくちゃ速い！」

ただ歩いているだけのはずなのに、ほとんど走っているような速さだ。振り返ってみると、目を丸くするミシェルさんが遥か遠くに見えた。

「ルーク様、待ってくださ——ええっ⁉」

僕を追って走り出したミシェルさんが、一瞬で僕を抜き去っていってしまう。

ただ、まだ施設グレードアップを施していないところまで辿り着くと、急激にその速度が低下した。

僕はミシェルさんに追いつくと、

「この道路をリーゼンまで引こうと思います」

「こ、これをリーゼンまで!?」

「はい。これなら日帰りができるようになると思いますので」

「リーゼンとこの街を日帰り……」

唖然《あぜん》としているミシェルさんとともに、リーゼンに向けて歩き出す。

もちろん道路をグレードアップしながらだ。

「おい、向こうから人が走ってくるぞ？」

「いや、あれって歩いていないか……？」

「は？　あんな速さで歩けるわけ――本当だ!?」

「徒歩であの速度ってどういうことだよ!?」

前から来た人たちに驚かれるけれど、すぐにその横を通り過ぎていく。

「何だっ!?　急に速く歩けるようになったぞ!?」

「どうなってんだ!?」

そしてすれ違った直後から、その人たちも道路の恩恵を受けて高速で歩けるようになっていった。

やがて荒野が終わり、そこでギフトで作った道路も途切れる。

「ここからは新しく道路も作っていきますね」

〈この場所はすでに他者の管理下にあります。強奪しますか？　▼はい　いいえ〉

〈強奪しました。この場所は村の領内になります〉

これはレベル6で習得した領地強奪のスキルだ。使うことで他者が所有している場所を、村の領内に変えることができる。

そうして僕はどんどん道路を伸長させていった。

「見ろ！　前から道路が近づいてくるぞ!?」

「馬鹿なことを言うな、そんなはず——本当だ!?」

また前から来た人たちに驚愕されつつ、リーゼンに向かって真っ直ぐ突き進む。

そうして村を出発して数時間が経った頃。

僕たちは北郡最大の都市リーゼンに辿り着いたのだった。

「ほ、本当に歩いてリーゼンまで……しかも全然疲れていないんですが……。これなら確かに日帰りも可能に……もしかして私、夢でも見てるんですかねぇ……？」

延伸作業をしながらだったこともあって三時間くらいかかったけれど、普通に歩けばこの半分の時間で行けるだろう。

しかも「疲労軽減」効果のお陰で、歩き通しでもあまり疲れていない。

これだとかえって移住が加速してしまいそうに思えるけど、僕の読みはその逆だ。

「なるほど……数時間で行ける距離にあるのなら、わざわざ移住しなくても、と考えるわけですねえ……」

「そうですそうです。ついでに定期運行する馬車を設ければ、もっと気軽に行き来ができるようになると思うんです」

「それはいいアイデアですねー」

今までは一方的に人々がここから村へと移住するだけだったけど、人が頻繁に往来するようになれば、それだけ経済も発展する。お互いにとって益があるはずだった。

〈都市リーゼンの住民たちを村人にしますか？　▼はい　いいえ〉

〈リーゼンの住民９３５１人が村人になりました〉

そして一気に村人が増えた。

「さて、どうしようかな……」

今までは好きなだけ建物を作ることができた。

というのも、元々はただの荒野で、完全にゼロから村を築いていたからだ。

でも、ここにはすでに街が存在している。

リーゼンは古くから栄えた歴史ある都市なので、普通の住居すら趣があって、壊すには惜しいものばかりだ。

それを無機質なマンションに変えていくというのは、さすがによろしくないだろう。

街を広げるように新たな居住区を設ける？

ただ、それもせっかくの街並みが台無しになってしまう気がする。

というわけで、僕は今ある建物を残したまま、改装を施すことにしたのだった。

実は村の中にある建造物であれば、ギフトで作ったものでなくても、施設カスタマイズや施設グレードアップを使うことができるようなのだ。

「まずは施設カスタマイズで、壊れた部分や汚くなった部分を修復して……」

街で一番高い塔に上り、そこから見下ろしてすべての建物をカスタマイズしていく。

ちなみにこの塔はあらかじめ物見塔へと作り替えてある。

〈物見塔：もっと遠くまで見渡せる、頑丈な石造の櫓《やぐら》。視力大幅アップ〉

お陰で遥か先にある建物でも、細部までばっちり確認することができた。

もちろん建物の中までは見れないので、その辺の修復は諦めている。

とりあえず見た目さえよければいいよね？

「ま、街があっという間に綺麗になっていく……」

唖然としているミシェルさんを余所に、続いて施設グレードアップで、建物の『快適性』『消臭性』『防犯性』『頑丈さ』などを向上させていった。

まぁ中には空き家とか、家じゃない建物もあるだろうけど、判別が難しいので細かいことは気にしない。

「……ふう。これでかなり住みやすくなったはずです。本当は全部の家にトイレとかお風呂を付けてあげたかったんですけど、さすがにそれは無理なので……」

「……」

「それで、使ってもいい建物を調べていただけましたか？」

「……」

「ミシェルさん？」

「……はっ!?　は、はい！　もちろん調べましたよ～っ！」

物見塔から降り、ミシェルさんに案内されて街を回った。

「ルーク様、まずはこの建物です。持ち主がいないので、好きに使ってしまって構わないとのことです」

「ありがとうございます。じゃあ、これは公衆便所にしちゃいますね」

「ほ、本当に一瞬で中がトイレに……」

「次に行きましょう」

「こ、こちらも空き家となっている建物ですねー」

「広いんでこれは公衆浴場にしますね」

そんなふうに空き家をカスタマイズすることで、街の各所に公衆便所や公衆浴場を作り出していく。各家に設けられなかった代わりだ。

「ついでだし道路も整備しておこうかな。井戸は全部、手押しポンプ式にしちゃっていいよね。あとは城壁も……」

そうして僕は一日かけて、リーゼンの街を生まれ変わらせていったのだった。

◇　◇　◇

「はぁ、疲れた……」

リーゼンの役所で働く彼は、疲弊した身体に鞭《むち》を打ちながら帰宅しているところだった。

ここまで疲れているのは他でもない、街中を駆けずり回って、一日がかりで空き家を調べさせられたためだ。

上司が言うには新代官の急な命令だというが……。

「ただでさえ人が減って仕事量が増えているってのに……。俺も退職して、噂の荒野の街に移住するべきかな……」

前代官を追うように、役場の同僚たちが次々と辞めて移住してしまった。

新しい代官は正直あまり有能には見えないし、彼自身も本気で移住を考え始めていた。

「って、あれ？　もうこんなところに？　おかしいな……」

重い足取りで歩いていたはずなのに、気づけば自宅のすぐ近くだった。

考え事をしていたから、体感的に早く感じてしまっただけだろうか。

「いや、そもそも身体が軽い気が……？　それにこの道、こんな綺麗な石畳だったっけ……？」

首を傾げつつ歩いていると、なぜか前方に行列を発見する。

いつもの通勤路に、こんな行列ができる店なんてなかったはずなのにと思いながら近づいていくと、そこに見慣れた妻の顔があった。

「あんた、お帰り。どうしたんだい、そんな疲れた顔して？」

「そんなことより、何なんだ、この行列は？」

「トイレだよ、トイレ」

「……トイレ？」

彼には何のことかまったく分からなかった。

彼らが並んでいる建物は、ずっと前から空き家になっていたはずだ。

「誰でも使っていいトイレが街の各所に作られたんだって。あんた、役所に勤めているくせにそんなことも知らないのかい？」

「俺はどうせ下っ端だよ……」

自嘲《じちょう》気味に笑う彼を余所に、妻は目を輝かせて言う。

「しかもあんた、このトイレが凄いんだって！　お尻を奇麗に洗ってくれるんだよ！」

「お尻を……？」

「お陰で見ての通り大行列さね。あたしもさっき入ったばかりだけど、ついついまた並んじまって。今いるのはほとんどがリピーターだよ」

「じゃあ、あっちの行列もトイレに？」

少し離れたところにまた別の行列ができていた。

そこも確か空き家になっていた場所だ。

「あっちはお風呂だよ」

「……お風呂？」

「それもいつでも使っていいんだってさ！　あたしはまだ行ってないんだけど、さっき隣の奥さんが凄くよかったって言ってたから後から行こうと思ってるよ！」

「うちの街に公衆浴場が……？」

ここリーゼンの街には、お風呂があるような家は少ない。ごく一部の金持ちの家だけだ。

かといって、公衆浴場のようなものもなかった。

そのため普段は井戸水などを使い、身体を洗ったり拭いたりするくらいで、住民たちはあまり清潔とは言えない。

荒野の街への移住が盛んになったのも、その街に立派な公衆浴場があって、誰でも好きなときに利用できるという噂が広がったことが一因だった。

「これで少しは移住者も減るかもしれないな……。けど、いつの間に？　工事をしている様子はなかったし、役所でもそんな話は一切聞かなかったが……。……ん？　空き家？　もしかして、今日いきなり空き家の調査を命じられたのは、このため……？　いやいや、さすがにそんなはずは……」

不思議に思いつつ帰宅した彼は、「え？」と目を丸くした。

「家が綺麗になっている……？」

築百年ほどの古い石造りの家だったはずだ。

外壁は罅割《ひびわ》れ、塗装はとっくに剝《は》げ、塀には消えない落書きがあった。

なのに、まるで新築のように生まれ変わっていたのである。

彼の家だけではない。よく見ると両隣の家も真向いの家も、すべて新築同然の姿へと変貌を遂げていた。

「まさか家の中も……って、なんだ、変わっていないのか」

慌てて家に駆け込むと、いつものあまり掃除の行き届いていない汚らしい光景が彼を出迎えてくれた。家具や調度品などもそのままだ。

ちょっと残念に思っていると、ふとそれに気が付く。

「空気が……爽やか？」

普段なら変なニオイが充満している玄関が、まるで草原にでも立っているかのような新鮮な空気に満ちていた。

しかも室内がいつもジメジメしがちだったのに、今は気温や湿度がちょうどよく、非常に快適である。

「一体この街に何が起こっているんだ……？」

「ははは……これがルーク様のギフト力……うん、もう、笑うしかないですねぇ……。あんな荒野にたった一年かそこらで街を築いてしまうわけですよ……」

あっという間に生まれ変わってしまったリーゼンの街並みを前に、新代官ミシェルは思わず乾いた笑いを零《こぼ》す。

今までの街並みはそのままに、古くなっていた建物がすべて新築同然へ。

幾つもあったガタガタの道は、荷車も楽に引けるくらい綺麗に舗装されている。

「婆さんや、いつもより速く歩けるぞ！」

「爺さん、そんなはずが……あれ、ほんとですね」

「坂もすいすいじゃ～っ！」

「爺さん、あんまりはしゃぐと転びますよー」

腰の曲がった老人が若者並みの速度で歩いているところを見るに、単に歩きやすいだけの道ではなく、荒野とリーゼンを結んだ街道と同じような機能があるらしい。

さらには街の各所に公衆便所や公衆浴場が設けられた。

信じがたいことに、空き家を一瞬でそれらに変えてしまったのである。今後は路上で排泄するような人間もいなくなるだろう。

街や人が清潔になれば、それだけ疫病などの蔓延《まんえん》も防ぐことができるようになるはずだ。

加えて、古くなっていた城壁や井戸まで新しくしてくれた。

特に井戸には謎の道具を付けてくれ、子供でも簡単に水を汲み上げることができるようになっていた。蓋がされたままなので、誤って落ちてしまう心配もない。

「まさかここまでしていただけるとは……ぶっちゃけダメ元だったんですけどねぇ……。しかも、あれからまだ一日なんですけど……」

荒野の街で交渉してから、たったの一日しか経っていない。翌日の昼頃にはすでに街中の作業が完了していたのだ。

それだけでも驚きだというのに、

「次は周辺の畑ですね」

今度は畑を作り替えてくれるらしい。

ミシェルは思わず呟《つぶや》く。

「この力をもしアルベイル侯爵が知っていたら……間違いなく手放そうなんて思わなかったでしょうねぇ……」

◇　◇　◇

リーゼンの街の作り替えが終わると、今度はその周辺に広がる畑の性能を施設グレードアップで強化していった。

「作物の生育速度、作物の品質、作業効率をそれぞれアップして……それから虫除け機能も付けて、と……」

何度も強化している村の畑ほどではないだろうけど、これでかなり収穫量が増えるはずだ。

作業もずっと楽になると思う。

「婆さんや、いつもより速く動けるぞ！」

「爺さん、そんなはずが……あれ、ほんとですね」

「畑作業がすいすいじゃ～っ！」

「爺さん、あんまりはしゃぐと転びますよー」

うんうん、あそこのおじいちゃんたちも喜んでくれているみたいだ。

畑仕事って大変だからね。

「ミシェルさん、この一帯についてはだいたい終わりました」

「あ、ありがとうございます！　お陰様で遥かに住みやすい街になったかと！　ここまでしていただいて、なんとお礼を申し上げればいいか……」

「いえいえ、まだここからですよ」

「へ？」

「……あれ？」

僕たちはそろって首を傾げた。

「ほ、北郡全部を!?　い、いえ、確かに、北郡をルーク様の街の一部にとは言いましたけれど……てっきり最大都市であるリーゼンだけかと……。もしかして、本当に北郡すべてを……？」

「はい。そのつもりでした」

リーゼンはあくまで最初の一歩で、これを皮切りに、すべての主要な街にも同じことをしていこうと思っていたんだけれど。

「本当ですか!?　も、もちろんそうしていただけるとありがたいですが、主要な街すべてとなると一体どれだけかかることか……あ、でも、たった一日半でリーゼン一帯が終わったのか……。お、お願いしてもよろしいですか？」

「大丈夫ですよ」

それから他の主要な街にも道路を敷いて、そこでもリーゼンと同様に街を作り替えていった。

もちろんその都度、住民たちを村人にしていく。

その結果、あっという間に村人が三万人を突破してしまったのだった。

〈パンパカパーン！　おめでとうございます！　村人の数が３００００人を超えましたので、村レベルが９になりました〉

第二章　夏の到来

〈パンパカパーン！　おめでとうございます！　村人の数が３００００人を超えましたので、村レベルが９になりました〉

〈レベルアップボーナスとして、３０００００村ポイントを獲得しました〉

〈作成できる施設が追加されました〉

〈村面積が増加しました〉

〈スキル「三次元配置移動」を習得しました〉


北郡の住民たちが村人になったことで、レベルが上がった。

新しく作れるようになった施設は次の通りだ。


冷蔵倉庫（１００）　娼館（２００）　美術館（３００）　劇場（３００）　ダム（６００）

〈冷蔵倉庫：食糧などを低温で保存するための施設。温度調節可能〉

〈娼館：売買春を斡旋《あっせん》するための施設。避妊効果。性病感染防止〉

〈美術館：美術作品を保存・展示するための施設。作品の劣化防止。防犯設備。村人の芸術的感性アップ〉

〈劇場：演劇やコンサートなどを観客に披露するための施設。村人の芸術的感性アップ〉

〈ダム：治水・利水用の施設。貯水量自動調整〉

……作れるもののスケールがどんどん大きくなっている気がする。

そして新しいスキル「三次元配置移動」は、「配置移動」の上位版らしい。

今まで平面上を移動させるしかなかったので、例えばマンションを公衆浴場の反対側に移転させようとしたら、公衆浴場を迂回して移動させる必要があった。

だけど「三次元配置移動」を使えば、公衆浴場の上を通って移転させることが可能になる。

「つまりその際、マンションが空を飛ぶってこと……？」

うん、想像しただけで凄い光景だ。

そんなこんなで村人を増やしながら、北郡各地を回っているときだった。

「洪水？」

「は、はい。豪雨の際、近くの川が氾濫し、一帯が水没してしまうのです。それほどの豪雨はせいぜい数十年に一度のことですが、村も畑もその度に壊滅的な打撃を受けてしまい……」

「なるほどねぇ」

ミシェルさん相手に切実に訴えているのは、とある村の村長さんだ。

新代官が視察に来ていると知ってやってきたらしい。

どうやら早速、新しく作れるようになったばかりの施設を建設する機会が訪れたみたいだ。

「いや～、村長さん。お気持ちは分かるんだけどねぇ、予算的になかなか大規模な治水工事は……」

「大丈夫ですよ」

「……ルーク様？」

「上流にダムを作りますんで」

「だ、ダム……ですか？」

ダムと言われてもピンとこないようで、ミシェルさんが首を傾げる。

「川の上流に巨大なため池を作って、下流への放流量を調整するんです。そうやって洪水を防ぐだけじゃなくて、渇水時には溜めておいた水が役立ちます」

「そ、そんなことが可能なのですか？　いや、原理的には理解できますけど、建設するのは簡単なことでは……（さすがのルーク様でも難しいんじゃ……？）」

「任せてください」

「（自信満々なんだけどぉぉぉっ!?）」

先ほどの村長さんが恐る恐る訊《き》いてくる。

「あのー、代官様、そちらの方は……？」

「え？　ああ、言ってなかったっけ？　こちらはルーク＝アルベイル侯爵のご子息だよ」

「あ、アルベイル侯爵の!?　ひえええっ!?」

村長さんが慌ててその場に跪《ひざまず》いた。

「そんなに畏まらないでください。それより川まで案内してもらえますか？」

「は、はいっ！」

「ついでに道路も敷いておきますね」

「へ？　み、道が勝手に……」

馬車でしばらく移動すると、それらしき川が見えてきた。かなり川幅が広く、大雨で反乱を起こすというのも頷《うなず》ける立派な川だ。

「わ、儂《わし》らの村はこの川の向こうにあります」

「川を渡るときはどうしてるんですか？」

「渡し舟を使っております。これだけの川ですと、やはり橋を架けるのも難しく……」

「そうですか。じゃあ、ついでに橋も架けておきますね」

〈橋：鉄筋コンクリート製の橋。高強度。抗劣化。構造や形状の選択が可能〉

氾濫で壊れてしまわないように、施設グレードアップを使って強度をしっかりと強化しておこう。

「「……は？」」

川に突如として出現した巨大な橋を前に、ミシェルさんと村長さんの目が点になった。

「は、橋が一瞬で……」

ミシェルさんが呆然としている。

「あの……ルーク様？　今さらかもですが……何というか、もの凄く気軽にギフトを使っておられる印象なんですけど……施設を作るにはポイントなるものが必要なのでは……？」

「はい。なので無制限ってわけにはいかないです」

「そ、そうですよねー、さすがに」

「まぁでも、これくらいの橋なら今すぐ一万本は作れますけど」

「い、一万本……っ!?」

レベルアップボーナスで３００００村ポイント入ったばかりだしね。

それに村人の数が三万人を超えているので、毎日３００００ポイント以上入ってくる。

もちろん、これからまだまだギフトを使わないといけないので、そんな無駄遣いはしないけれど。

ダムも作らなくちゃだし。

「ありがとうございます！　これで楽に川を行き来することができます！」

村長さんからは泣いて喜ばれた。

どうやらこの川には、時々、半魚人の魔物サハギンが現れるらしい。渡河中に襲われて、毎年必ず何人かが命を落とすそうだ。小さな渡し舟だと命懸けだね……。

ちなみに漕ぎ手をさせられているのは罪人らしい。

そうして僕たちは川の上流までやってきた。

「この辺でいいかな？」

〈村ポイントを600消費し、ダムを作成しますか？　▼はい　いいえ〉

はい、を選ぶと、そこに巨大なダムが出現する。

「……は、はは……（いやいやいや、予想してた十倍はデカかったんだけどおおおおおっ!?）」

突如として川を占領してしまった巨大建造物を前に、なぜか乾いたような笑いを零すミシェルさん。

ダムにはすでに半分くらいまで水が貯えられている。

どこから現れたのか分からない水だ。

……もしかして貯水量自動調整って、流入量や放流量を調節して適度な貯水量を保つってことじゃなくて、水そのものを作り出したり消失させたりして調節してくれるってこと？

そんなことが可能なら、どんな大豪雨が来ても、ダムは絶対にいっぱいになることはないわけだけど……。

あり得ないとは言い切れない。だって井戸や家屋などでは水が無限に使えるし、施設カスタマイズで水堀を削除する際は水自体も消えてなくなるし。

「村長さん、これで多分もう二度と洪水に悩まされることはないと思いますよ」

「ああ、ありがとうございます……ありがとうございます……」

まるで神様を拝むかのように、跪いて感謝されてしまった。

と、そのとき。

ガサガサと近くの樹木が揺れたかと思うと、そこから大きな影がぬっと現れた。

身の丈三メートル近い巨大な熊だ。血に飢えているのか、鋭い牙の間からぽたぽたと唾液を滴らせている。

恐らく僕たちの匂いを嗅ぎつけ、森の奥から出てきたのだろう。

「ま、魔物だっ！」

「ブラッドグリズリーだぞっ!?」

叫んだのはミシェルさんの護衛として同行していた兵士たち。

「こいつは危険な魔物です！　我々だけで討伐できるか……」

「い、今のうちにお逃げください！」

「あ、大丈夫だよ」

「ルーク様っ!?」

驚く兵士たちを余所に、僕はその熊へと近づいていく。

「グルアアアアアアアガッ!?」

躍りかかってきたところへ石垣を作り出してやると、熊は頭からそれに激突した。

さらに石垣をカスタマイズしてゴーレムに変形させ、目を回している熊を殴りつける。

「クゥン……」

敵《かな》わないと理解したのか、ふらつきながら森の奥へと逃げていった。

「ご、ゴーレム……？　これは……ルーク様が……？」

「はい。ギフトを応用したんですが、あれくらいの魔物なら追い払えます」

「（えええ……そのギフトちょっと万能すぎませんかねぇ……）」


「……さて。こんなところですかね」

北郡全域を村に、そして全住民を村人にし、さらには主要な街の生活環境や街と街を結ぶ道路などを作り替えた。

ダムや橋など、途中で予定外の要望にも応えていたため、思っていたより時間がかかってしまったけれど、これでかなり暮らしやすくなったはずだ。

「とはいえ、あくまで最低限といったところなので、また何か必要なことがあれば連絡くださいね」

「……ありがとうございます……ありがとうございます……」

最後にはミシェルさんにまで、神様を拝むような勢いで感謝されてしまったのだった。

◇◇◇

夏が近づき、随分と暑くなってきた。

この荒野、冬は寒くて夏は暑いという、なかなか過酷な環境なのだ。

ただ、室内は涼しい。というのも、家屋・大ではその室温や湿度が、常に快適な状態に保たれているからだ。マンションも同様なので、村人たちからは「夏でもこんなに住みやすいなんて！」と驚かれている。

しかし外の暑さはどうしようもない。とりわけ農作業など屋外での仕事をしている人たちの間では、涼をとりたいという需要が高まっていた。

「というわけで、プールを作ってみようと思うんだけど」

「プール、ですか？」

「聞いたことないわね」

キヨトンとするミリアとセレンに、僕は説明する。

「泳いだり潜ったりして遊ぶための施設だよ」

「ふむ。つまり人工的な川のようなものだろうか？」

首を傾げるのはフィリアさんだ。まぁだいたい合ってはいるけど、

「説明するよりも実物を見た方が早いと思う」

僕は村の空いたスペースへと移動する。

プールを作ると言っても、生憎《あいにく》と作成可能な施設のリストの中にプールはない。なので水路を作り、それをプールとして利用するつもりだ。

〈水路：石でできた水路。自動洗浄、ゴミや汚泥の堆積防止機能付き〉

水は綺麗なはずだし、泳ぐのに問題はないだろう。

この水路を、弧を描くように伸ばしていき、最後はスタートとゴールを連結させる。

つまり大きな楕円形にしたわけだ。

ただし、連結した部分では、お互いを区切る壁を残したままにしておいた。

「さらにこの壁をゆっくり動かしていくと……」

壁に押されて、停止していた水が徐々に動き出す。

それが段々と川のような流れへと変わっていく。そう、流れるプールだ。

「本当に人工の川を作ってしまうとは……」

「凄いわね。これなら楽しく涼を取れそうね」

「さすがはルーク様です」

公共プールにするつもりだけれど、まずは安全確認も兼ねて、少人数で泳いでみることにしよう。

そうだ。せっかくだしセリウス君も呼んでみようかな。

「どこまで服を脱ぐべきかしら？　外だから公衆浴場みたいにはいかないし。……下着？」

「実はこんなものを作ってあるんだ」

僕が取り出したのは、速乾性や伸縮性に優れた特別な生地で作られた衣服だ。

「なんだか不思議な肌触りですね。それにとてもよく伸びますし」

「こんなの見たことないわ」

「服飾工房で作ってもらったんだ」

〈工房：美術や工芸、鍛冶、服飾などに使える仕事場。アイデア力、器用さ、品質アップ〉

ギフトで作ったこの工房の一つを服飾専門にしていて、最近ではそこで製作された衣服が村で販売されている。

いずれも非常に性能が良く、特に村の婦人たちを中心に大ブームになっていた。

そこにお願いして、この水泳専用の衣服――水着を作ってもらったのだ。

少なくとも海のないアルベイル領に、水着なんてものはまだないはず。

「もしかしてルーク様の発案ですか？　さすがです。いつも我々には思い至らないようなアイデアを思いつかれますね」

……前世の知識を流用しただけなんだけどね。

「色んな種類があるのね。それに可愛いデザインのものが沢山あって悩むわ」

「(随分と露出度が高いものもありますね……。まさか、ルーク様がわたくしに着せるために……？　ふふふ、ならばこれでルーク様を悩殺して差し上げましょう……っ！)」

着替え用に作った小屋へとミリアたちが入っていく。

ちなみにタイプやデザインなどはすべて工房の職人たちに任せた。

やけに布面積が少ない水着があるけど、決して僕が指示して作ってもらったわけじゃない。

「セリウス君もどう？　男性用の水着も作ってあるからさ」

「ぼ、ぼくは別に……」

「遠慮しないでよ。ほら、フィリアさんも泳ぐみたいだしさ」

「ななな、なぜそこで彼女の名が出てくるっ!?」

そんなに一瞬で顔を真っ赤にしてたら、誰だって分かっちゃうってば。

と、そのとき僕はとんでもない光景を発見してしまう。

「って、フィリアさん!?　何やってるんですか!?」

「む？　何って、川で泳ぐのだろう？」

プールサイドに立ち、不思議そうに首を傾げるそのエルフは。

――一糸纏《まと》わぬ全裸だった。

「これが我らの水泳スタイルだが？」

ブシュウウウウウウウウウウウウウウウッ!!

ブシュー!!

セリウス君が鼻血を噴き出して倒れたああああっ！

「ああ、お花畑が見える……ああそうか……ぼくは今、天国に……ははは……」

「セリウス君!?　大丈夫!?　まだ天国じゃないよ！　死なないで！」

危険な呻《うめ》き声を口にするセリウス君に、僕は必死で呼びかけた。どうやら彼には刺激が強すぎたみたいだ。

「そ、村長……？　ぼくは一体……？」

「よかった。戻ってきた……」

僕の懸命の呼びかけが功を奏したのか、セリウス君の目の焦点が合う。

でもかなり血を失ったようで、顔色は真っ青だ。

「セリウス殿、大丈夫か？」

そこへこの状況を引き起こした張本人が、事もあろうに、地面に倒れたセリウス君を心配して近づいてきてしまった。もちろんまだ全裸のままだ。

ブシュウウウウウウウウウウッ!!

「うわぁっ、また鼻血がぁぁぁっ！　ちょっと、フィリアさんは離れてて！　あと、服を着てよ！」

「む？」

「いいから裸を隠して！　セリウス君が死んじゃう！」

理解ができない、といった顔で首を傾げるフィリアさんを強引に下がらせると、セリウス君の口にポーションを突っ込んで無理やり飲ませる。

「……ああ、川が見えてきた……渡ればいいのかな……あはは……」

「渡っちゃダメだからねぇぇぇっ！」

「はっ？　村長……？　ぼくは一体、何を……」

どうにか再び一命を取り留めたセリウス君。よかった。こんなことで死んだとあっては、バズラータ伯爵になんて言えばいいのか分からない。

軽い記憶障害を起こしてはいるみたいだけど……。

「ルーク殿、服を着たが……」

僕に怒られたせいか、心なしかしょんぼりしながらフィリアさんがおずおずと言う。

「ぼ、ぼくはさっき、何かとんでもないものを見たような……」

「大丈夫！　何も見てないから！」

そんなふうにドタバタしていると、着替え終わったセレンたちが小屋から出てきた。

「な、なんだか少し恥ずかしいわね……」

「ぴっちりしていて胸の貧相さが目立ちますから」

「胸の話はしてないわよ！」

セレンは上下が一体になった、ワンピース型のシンプルな水着だ。

色は彼女の髪と同じ鮮やかな青。

一方のミリアはビキニタイプの水着で、色はこちらも彼女の髪と同じ黒。

かなり布面積が少なく、彼女の豊かな双丘が零れ落ちそうなほど。

「（いきなりだったらドキッとさせられたかもだけど……さっき某エルフに裸を見せられたばかりだからね……）」

「（ふふふ、ルーク様がわたくしを見ておられる……きっと興奮されているに違いありません……っ！）」

さて、僕も着替えようかな。

「あ、フィリアさんはセレンと同じタイプの水着にしてね？」

「むう、これだと泳ぎにくそうだが……せめてミリア殿のような水着が……」

「セレンと同じタイプに、し・て・ね？」

「わ、分かった！　分かったから！　さっきからルーク殿が怖い！」

人命がかかっているので僕も鬼にならざるを得ないのだ。

「ルーク様、ぜひこちらの水着をハァハァ」

「却下」

ミリアが差し出してきたブーメランパンツを拒否して、僕はハーフパンツ型の水着に着替えた。

セリウス君も同じタイプの水着だ。

「うーん……本当に何を見たのか……まったく思い出せない……」

「だから何も見てないってば！　ほら、泳いで遊んで忘れちゃおうよ！」

身体は心配だけど、余計なことを思い出さないためには動いた方がいいと思う。

僕は率先して水の中へと飛び込んだ。ざぶん！

「ちょっと冷たいけど気持ちいいよ！」

ちなみに深さは施設カスタマイズを使い、円の外側が一メートル、内側が一・二メートルになるよう調節してある。

僕の身長だと、深いところはギリギリ顔が出る程度だ。

「浮き輪とか作れないかな？　もしくはビート板とか。あと、ウォータースライダーを作れたら楽しそう」

クロールで泳ぎながらそんなことを考える。

「何その泳ぎ方？　初めて見たんだけど」

「え？　クロール知らないの？」

「知らないわよ」

「ぼくも知らない。軍の水練でも習わなかったし……」

どうやらこの世界でクロールは一般的な泳ぎ方ではないらしい。セレンもセリウス君も平泳ぎだし、ミリアに至っては泳げないという。

「この方が速く泳げるんだよ。よかったら教えてあげるけど」

別に速く泳ぐ必要もないんだけどね。流れるプールだし。

「ふむ、我々エルフに伝わる泳法に少し似ているかもしれないな。だがそのように足をバタつかせるやり方は初めて見た」

そこへ、ちゃんと水着を着たフィリアさんがプールサイドに現れる。

……ちょっとハイレグ気味の際どい水着なのが気になるけど、裸に比べたら遥かにマシだ。

これならセリウス君も――

ブシュウウウウウウウウウウッ!!

「やっぱりダメだったああああああっ!?」


プールの水が真っ赤に染まるという惨劇もあったけれど、無事に新たな娯楽施設が誕生した。

夏の暑さも相まって、それから村人たちの間でプールブームが巻き起こった。

子供でも泳げるプールも欲しいという強い要望があり、浅い子供用プールも作ったほどだ。

冬になったら温水プールにするのもいいかもしれないね。

夏らしい食べ物もブームになった。

例えばスイカだ。果樹園で収穫した大ぶりのスイカ。しかも冷蔵倉庫に保管しておいたので、しっかりと冷えている。

〈冷蔵倉庫：食糧などを低温で保存するための施設。温度調節可能〉

この冷蔵倉庫、レベル9になって新たに作成できるようになった施設なのだけれど、土蔵以上の大きさがある。

場所によって温度を変えることができるため、冷凍庫として使うこともできた。

「ん～、このスイカ、甘くて瑞々《みずみず》しくて美味しいわね！」

セレンが口の周りを赤く濡らしながら言う。

「（ルーク様が吐き出したスイカの種……一粒……一粒だけでいいから……ハァハァ……）」

なぜかミリアは手にしたスイカをさっきから全然食べていない。

スイカがあまり好きじゃないのかな？

そこでふと僕は、とある遊びを思い出した。

「スイカ割りって知ってる？」

「スイカ割り？　聞いたことないわね」

キョトンとするセレンに僕は説明する。

「目隠しをして、どこにあるか分からないスイカを、周りの声を頼りに棒とかで割る遊びだよ」

「へえ。なんかちょっと面白そうじゃない」

セレンは興味を持ったらしい。

「やってみていいかしら！」

布で目を隠すセレン。

僕はスイカを二十メートルくらい離れた場所に置くと、声で位置が分かってしまわないよう、少し離れてから合図を出す。

「スイカ置いたよー」

セレンが腰に差していた二本の剣を抜いた。

「いやいや、それ本物の剣じゃん！　危ないよ！」

「大丈夫よ。これの方が慣れてるもの」

いくら慣れてるからって、目隠しをした状態で真剣を振り回されたら危険極まりない。

と思いきや、セレンはまるで目が見えているかのような迷いのない足取りで、真っ直ぐスイカに向かって歩いていくと、
スパスパスパンッ！

「……綺麗にスイカが割れた。というか、斬った」

「楽勝ね」

見えてないはずなのに……。

「そもそもどうやってスイカの位置が分かったの？」

「気配よ」

「スイカに気配とかある!?」

目隠しをしたフリをしてただけで、実は見えていたんじゃないの……？

「ふむ、なかなか面白そうなことをしているな」

そこへ口の周りにスイカの種を付けたフィリアさんがやってくる。

「なるほど、スイカ割りというのか。私もやってみていいか？」

「いいよ。はいこれ、木の棒」

「いや、私はこれでやろう」

フィリアさんが弓を掲げてみせる。

「ちょっ、それはめちゃくちゃ危ないって！」

「心配しなくていい」

目隠しをして、自信満々に弓を構えるフィリアさん。

スイカは五十メートルも先だ。

次の瞬間、フィリアさんが放った矢が見事にスイカのど真ん中を貫いていた。

「えええ……どうやったの？」

「スイカの気配を感知すれば簡単なことだ」

だからスイカの気配って一体……？

それからというもの、この村にスイカ割りブームが到来した。

いかにみんなをあっと言わせるような方法でスイカを割ることができるか、村人たちが競争を始めたのだ。

セレンがプールを流れてくる大量のスイカを一瞬で斬り割ったかと思えば、フィリアさんが一キロも離れた先に置かれたスイカを矢で射《い》貫《ぬ》いた。

もちろん挑戦者は二人だけじゃない。

槍使いのランドくんは、十個ものスイカを槍で一気に串刺しにするという技を披露。

怪力のゴアテさんは、手刀で地面を叩き、その衝撃で少し離れた場所に置いたスイカを割ってしまった。

そして火魔法でスイカを焼き割ったのは冒険者のハゼナさんだ。スイカを丸ごと焼き尽くしてしまわないよう調整するのが難しかった、とは成功後の本人談である。

ちなみにマオ村から移住してきたマックさんの息子マンタさんは、アレでスイカを割って見せると豪語し、裸になったところを衛兵に取り押さえられた。

マックさんに懇願されたこともあり、しばらく更生施設に入ってもらうことになっている。

こうして一大ブームとなったスイカ割り。

あくまで一過性のものかと思いきや、この年以降も、夏の風物詩として村に定着することになってしまうのだった。

「……ていうか、こんなのスイカ割りじゃない」

※割ったスイカはこの後、村人みんなで美味しくいただきました。

第三章　ホテル

「ルーク村長、お陰様で無事に生まれました。元気な男の子です」

　可愛らしい赤ちゃんを抱え、わざわざ報告に来てくれたのはベルリットさんだ。

「わっ、おめでとう！」

　赤ちゃんはベルリットさんの腕の中ですやすやと眠っていて、傍《そば》には奥さんが幸せそうに寄り添っている。

「妻の方もこの通りとても元気にしています」

「村長に作っていただいた診療所のお陰ですわ。この子で三人目だけれど、びっくりするくらい陣痛が少なくて、あっという間に生まれて来てくれたもの」

「それはよかったです」

　僕がギフトで作った診療所。その効果だと思う。

〈診療所：病人や怪我人を診察し、治療するための施設。患者の苦痛軽減。医療行為の効果アップ〉

今後も妊婦さんたちには、診療所で出産してもらった方がいいだろう。

「この子の名前は？」

「それが、ぜひ村長に名前を付けていただきたいと思いまして」

「え？　僕が？」

「はい。村長が名付け親だと知れば、この子も将来きっと喜んでくれるでしょう」

「か、構わないけど……」

……責任重大だ。

変な名前を付けちゃって、友達から揶揄《からか》われたりしたら困るし……。

「ええと……うーんと……男の子だから……」

頭を悩ませる僕。ベルリットさん夫婦は期待の眼差しでこっちを見ているし、いつの間にか赤ちゃんまで目を覚まして円《つぶ》らな瞳で僕を見上げていた。

プレッシャーの中、恐る恐る口を開く。

「べ……ベルク？」

「おおっ！　もしや、私の名前から!?」

「それだけじゃないわ、あなた！　ベルクよ！　ルーク様がご自身のお名前を！」

「なんと!?　こんなにも素晴らしいお名前を付けていただけるなんて……っ！」

「きっと村長のような立派な大人に育つわ！」

ごめん、本当はそこまで考えてない……。

ベルリットさんの名前から取った「ベル」という言葉に、単に語呂がよかったから「ク」と続けたら、たまたま僕の名前に近くなってしまっただけだ。

まぁ、喜んでるからいいかな……。

だけどベルリットさん夫妻を皮切りに、その後も次々と名付けをしてほしいという依頼が来るようになってしまった。

断るわけにもいかず、その度に必死になって名前を考えた。

実はここ最近、村人たちの出産が続いている。

ベルリットさんたちもそうだけれど、昨年この村の住人になった夫婦たちが、衣食住が満たされたことで秋から冬にかけて子作りに励んだためだろう。

まだまだ妊娠中の女性は沢山いるので、これからたくさん生まれてくるはずだ。

夫婦にあらかじめ幾つか案を作っておいてもらって、その中から選択する方式に変えようかな……。

そんなある日、とある夫婦からこんなお願いをされた。

「ルーク村長、できれば夫婦の営みができるような場所を作っていただけませんか？」

「家だと子供たちがいて、なかなかできないのよね」

「な、なるほど……分かりました」

確かに必要かもしれない。

そこで僕は、レベル8になったときに、新しくラインナップに加わったある施設のことを思い出す。

〈ホテル：宿泊・休憩用の施設。調整次第で多目的に使えるよ！〉

「後半の文言が気になっていたんだけど……」

施設グレードアップで性能が強化できる項目を見てみると、「精力増強」とか「性病感染防止」みたいな言葉が並んでいる。

つまり、あっち専用のホテルにもできるということだろう。

実際に作成してみると、デフォルト状態の外観は完全に普通のホテルだ。

このままだと勘違いして入ってしまう人もいそうだけど、かといってあまりそれっぽい外観に作り替えると目立っちゃうしなぁ……。

「そうだ。地下に埋めちゃえばいいんだ」

三次元配置移動を使えば、地下にそのまま埋め込むことができる。

ズズズズ、と巨大な建造物が地下へと潜っていく様はなかなか壮観だった。

続いて地下道を作り、それをホテルの入り口と結ぶ。

後はこの地下道に沿って飲食店を設け、ここを飲み屋街なんかにしてしまえば、人目を気にせずにホテルを利用できるようになるはずだ。

◇　◇　◇

「ねぇ、あのホテルもう利用した？」

「ホテル？」

「ほら、最近ルーク様が作ってくださった」

「ああ、あの。使ってないわよ。うちはまだ子供がいないし、家で十分だもの」

「いいえ、絶対使うべきだわ！　だってあのホテル、本当に凄いのよ。うちの旦那、あたしがどんなに頑張ってもずっとふにゃふにゃだったのに、ホテルに入った瞬間からもうギンギンのビンビンで！　あんなに大きくなってるの初めて見たから、あたし、びっくりしちゃって！」

「え？　そんなことあるの？」

「あるのよ！　隣の奥さんだって言ってたわ。いつもより一回りも大きくなってたって！」

「す、すごいわね……」

「しかもそれだけじゃないのよ。女の方も気持ちが高ぶっちゃうみたいで……ポッ」

「ごくり……」

「それ以来、夫婦仲もよくなっちゃって。あそこに行けば、きっと倦怠期《けんたいき》の夫婦だって新婚同然のラブラブになると思うわ」

「わ、私たちも行ってみようかし――」

「その話、詳しく教えてくださいッッッ！」

「「み、ミリア様!?」」

まさかそんな施設があったなんて……っ！

村の奥さんたちの話を偶然耳にしたわたくしは、思わず彼女たちの会話に割り込んでいました。

「ご、ご存じなかったのですか？　最近、ルーク様が地下街を作ってくださったと思うのですが、そこに……」

「あの地下街にあるんですね!?　ありがとうございます！」

「あっ、ミリア様………行っちゃった」

二人から詳しい情報を得たわたくしは、その地下街へと疾走しました。

その出入り口となる階段は、村の中心から少し逸れた、目立たない場所にありました。

階段を駆け下りていくと、そこは両側に飲み屋が並ぶ地下道となっています。

「ここが……」

その中に飲み屋とは違う雰囲気の入り口を発見し、わたくしはゴクリと喉を鳴らしました。

「おい、こんなところに連れてきて、何をしようってんだよ？」

「いいから、ついてきなさいよ」

そこへ二人組が何やら言い合いながらやってきました。

三十代後半くらいの夫婦のようですが、どうやらあまり仲が良くないようです。

二人はホテルの入り口前で立ち止まりました。

何かに気づいたように、旦那さんがハッとします。

「ここって……もしかして……」

「たまにはいいでしょ？　ほら、最近ずっとご無沙汰だったし……」

「か、帰る！　ぐべっ？」

回れ右して逃げようとした旦那さんの首根っこを、奥さんが摑《つか》みました。

「に、が、さ、な、い、わ、よ？」

「や、やめろ！　離してくれ！」

「どうしてそんなに嫌がるのよ？　若い頃はあんなに愛してくれてたのに……」

「若い頃は細かったからな！　あれからぶくぶく太りやがって！　もはや別人じゃねぇか！　この村に来てからさらに太ったしよ！」

酷《ひど》い言い様だとは思うものの、確かにあの奥さん、ちょっと太り過ぎかもしれません。

何せ身体の厚みが、旦那さんの軽く倍以上はあるのです。

その太い腕には相応の力があるようで、旦那さんが必死に逃げようとするもビクともしません。

　そればかりか、奥さんの怪力に抗うことができず、旦那さんはホテルの中へと引き摺《ず》られてしまいました。

　さすがにあれでは連れ込んだところで……と思いきや、中に入った瞬間、なんと旦那さんの態度が急変したのです。

「そ、そうだな……久しぶりに……いいかもしれないな……」

「っ！　あなた！」

「ぐぼっ!?　つ、潰れる潰れる！」

　そこからは仲睦《むつ》まじい様子で、ホテルの奥へと入っていってしまいました。

「こ、これさえあれば……ルーク様も……ぐふふふふ……」

◇　◇　◇

「えっ……？」

　デフォルトで使えるマップ機能をたまたま見ていると、突然、村の中に赤い点が現れた。

　普通の村人は黒い点で表示されるので、この赤い点は敵対的な人物や、不法侵入者である証拠だ。

　カーソルを合わせてみると、《変態》という文字が現れる。

「変態……？」

どういうこと？

いや、そんなことより、この赤い点こっちに迫ってきている!?

物凄いスピードで僕のところに近づいてきているのだ。方向を考えると、ちょうど真後ろの方からである。多分もう、振り返れば見えるはずだ。

僕は恐る恐る後ろを向いた。

「……って、あれ？」

そこにいたのは息を荒くしたミリアだった。

何だ、ミリアか……と安堵《あんど》した僕だったけれど、すぐにその異変に気が付く。

ちょっと様子がおかしいような……？

「ハァハァ……る、ルーク様……少し、わたくしとお散歩しませんか……？」

「さ、散歩？」

「ふ、ふふふ……大丈夫です……何も、何も怖くないですから……」

いやいや、どう考えても怖いんだけど!?

不気味な笑みを浮かべるミリアに恐怖を感じて、僕は思わず後退《あとずさ》った。

メイド時代からずっと尽くしてくれている彼女が僕に何かしてくるとは思えないけど、直感が警鐘を鳴らしてくる。

「どうされたのですか……？　さあ、一緒に逝《い》きましょう……」

フフフ

やっぱり今のミリアは何かおかしい！

だいたいマップ上で彼女を表す点が赤く、しかも〈変態〉になっている時点で変だ。

もしかして、何者かがミリアに化けている？

その可能性に思い至った僕は、村人鑑定を使ってみた。

ミリア
年齢：23歳
愛村心：超
推奨労働：神官
ギフト：神託

……うん、残念ながら本人だ。

だけどこの急変の原因は村人鑑定では分からない。村人鑑定Ⅱの方でもっと詳しく鑑定すれば
……いや、それをやると見てはいけないものを見てしまいそう……。

「メイドの呼吸、壱《いち》の型！　『ご主人様、お呼びでしょうか!?』」

「っ!?」

一瞬で距離を詰められた!?　ミリアってこんな速さで走れたの!?

「説明しましょう！　メイドの呼吸、壱の型『ご主人様、お呼びでしょうか!?』とは、ご主人様の元へ馳《は》せ参じる速度を何倍にも高める、メイドならではの呼吸なのです！」

解説してくれた!?　てか、メイドならではの呼吸って何さ!?

「メイドの呼吸、弐《に》の型！　『ご主人様、お運びいたします！』」

「うわあああっ!?」

持ち上げられた!?　ミリアにこんな力があったなんて……っ！

「説明しましょう！　メイドの呼吸、弐の型『ご主人様、お運びいたします！』は、ご主人様をお運びする際の力を何倍にも高める呼吸なのです！」

解説されても正直よく分からない！

「大丈夫です、ルーク様。すぐによくなりますから……ぐふふふ……」

「ひぇっ……」

そのまま僕はミリアに抱えられ、どこかへと連れて行かれそうになる。

こ、このままじゃマズい！　誰かに助けを……あっ、前から二人組のご婦人方が！

「助けて！　ミリアに拉致された！」

「あらあら、仲がいいですわね」

「うふふ、羨ましい」

「ちょっ、違うから！　ガチだから、これ！　きっと危ないとこに連れて行かれる！」

「あらあら、わたしもイケメン王子様に攫《さら》われて、危ないことしてみたいですわぁ」

「うふふ、素敵」

……ダメだ、この二人組。

「村長、お疲れ様です！」

「今日はミリア様とデートですか？　羨ましいですね！」

今度は男性の二人組だ。

僕がミリアに抱えられているこの状況の、一体どこがデートに見えるのだろう。

「た、助けて！　僕いま無理やり連れて行かれそうになってる！」

「無理やり……ごくり」

「そのお歳ですでにそういうプレイを……さすが村長……」

「違うから！　本気で助けてほしいの！」

「あ〜あ、俺も美人のお姉さんに色んなこと教えてもらいたかったなぁ」

「この歳じゃあ、もはや叶《かな》わぬ願いだ」

うん、この二人もダメだ……。

そうしてミリアに連れて行かれたのは、僕が最近、地下に作った飲み屋街だった。

だけどそれは一種のカモフラージュ。

村人たちの要望を受けて作った、ある目的のためのホテルを隠しているのだ。

僕を抱えたミリアは、そのうちの一つの入り口前で立ち止まった。

そこでようやく下ろしてもらえたけど、がっちり手を掴まれていて逃げられない。

「ハァハァハァ……さあ、ルーク様、一緒に参りましょう……っ！」

「ま、待って、ミリア……っ！　そもそもこのホテルは――」

「勇気を持って、大人の階段を……っ！」

僕の言葉を遮《さえぎ》り、強引に突入しようとするミリア。

だけど次の瞬間、彼女の前にホテルの従業員が立ちはだかった。

「申し訳ありませんが、十六歳未満の方のご利用はお断りしております」

ミリアがその場に崩れ落ちる。

……まだ十三歳でよかった。

◇　◇　◇

その日、僕は村の外れに設けられた家畜小屋へとやってきていた。

「あ、ルーク村長！　お疲れ様っす！」

「お疲れ様、ネルルル。家畜たちの様子はどう？」

「お陰様で、みんなとっても元気っす！」

『動物の心』というギフトを持つネルル。彼女に管理を任せているのは、家畜たちの世話だ。牛や鶏、羊などを飼っていて、彼らのミルクや卵はその美味しさから、この村の隠れた名産となっていた。

「「「も～」」」

「「「め～」」」

「「「こけこここ」」」

「わっ、かわいい」

「最近、生まれたばかりの子たちっす！　さすがルーク村長っすね！　もう懐かれてるっすよ！」

「それにしても子供がこんなに沢山いるなんて……そんなに家畜いたっけ？」

「成体だけで言うと、今はだいたい牛が二百頭、鶏が五百羽、羊が百頭、馬が五十頭、その他が五十頭といったところっすね！」

「え、そんなに？」

元々、商人のブルックリさんから購入したのは十頭くらいだった。

新しく連れてきた子もいるけれど、その大半はここで生まれてきている。

〈家畜小屋：家畜専用の小屋。家畜たちの成長促進、健康維持、繁殖力強化、強力消臭〉

やっぱり家畜小屋の効果だろう。

「でも、ミルクや卵の需要を考えると、全然足りないような……？」

家畜が増えたと言っても、それ以上に村人の数が増えているのだ。

十分な量を賄えるとはとても思えない……はずなんだけど、今のところミルクや卵が枯渇してるっていう話は聞かない。一体どうしてだろう？

「せっかくっすから、放牧場の方も見ていってほしいっす！」

家畜小屋に隣接する形で、広い放牧地を設けている。

と言っても、放牧地は作れるリストに存在しないため、元は公園だ。

〈公園：村人たちの憩いや遊びのための区域。村人たちの健康維持、愛村心アップ〉

これに施設カスタマイズを使い、緑地を増やして放牧地に変えたのである。自然公園に近いかもしれない。

「うも～～～～っ！」

「っ!?」

突然、轟音《ごうおん》めいた鳴き声とともに目の前に巨大な影が現れ、僕は思わず後退った。

「ま、魔物!?」

「違うっす！　うちの牛っすよ！」

「え？　牛……？」

よく見ると、確かに牛だ。

ただし体高は三メートルを超え、全長は五メートルを軽く凌《りょう》駕《が》している。

僕が知っている牛とは桁違いの巨体。魔物と見間違えるのも無理はないと思う。

「この子はここで生まれた牛っす！　大きくなったっすよね！」

いやいや、大きくなったってレベルじゃないでしょ。

「にゅ、乳牛だよね、これ？」

「そうっすよ！」

「こんなに大きくなるものかな……？」

しかもこれ一頭だけじゃない。放牧地内を見渡してみると、どの牛も負けず劣らずの巨大さなのだ。

「見ての通りとっても大人しくて賢いっす！　それに、いっぱいミルクを出してくれるっす！」

「うもー」

た、確かにこの巨体なら相当な量を産出してくれそうだ。

二百頭いるなら村人たちが飲むミルクも、それなりに賄えるかもしれない。

「あ、でも、雄だと幾ら大きくても乳は出ないよね？」

「そうっすけど、不思議なことに生まれてくるの女の子ばっかりなんすよねー」

「え、そうなんだ」

のんびりと草を食べている牛たちをよく見てみると、確かにその大半が雌だった。

乳牛は乳房が大きく膨らんでるから、僕でも簡単に雄雌を見分けられる。雄はちらほらと見かける程度だ。

「ミルクについては納得できたけど、卵は……」

「こけこここここ～っ！」

「っ!?」

今、目の前をダチョウみたいな鶏が通り過ぎて行ったんだけど!?

さ、さすがに気のせいだよね……。

「ここで生まれた鶏っす！」

「気のせいじゃなかった！」

どうやらここで生まれ育った鶏もまた、牛と同様に巨大化しているらしい。体高二メートルに迫る巨大な鶏たちが、放牧場内を元気よく駆け回っていた。

「卵をたくさん産んでくれるっすよ！　あ、見てくださいっす！　あそこ、ちょうど産んでるところっす！」

言われて視線を向けると、ちょうど一羽の鶏のお尻から卵が出てくるところだった。

「あれ？　意外と普通の大きさ？」

ダチョウの卵のような大きさを予想していたら、せいぜい普通のものよりちょっと大きい程度のサイズだった。

と、次の瞬間。

すぽぽぽぽぽんっ！　と物凄い勢いで次々と卵がお尻から飛び出してきた。

「一羽が一日に五十個くらい産んでくれるっす！」

「数で勝負するタイプだった！」

「こけーっ！」


「「めえ～」」

「羊たちも大きいね……」

「もっふもふっす！　お陰で羊毛がいっぱい取れるっすよ！」

「「ひひーん！」」

「馬も……」

「どの子も馬力が凄いっすよ！　あとこの巨体なのにめっちゃ速く走れるっす！」

牛と鶏だけじゃなく、羊や馬も巨大化していた。

もちろん元々は普通サイズの種のはずだ。

この家畜小屋で育てられると、どうやら何倍もの大きさに成長してしまうらしい。

「はっ!?　ということは、僕もここで暮らしたら大きくなれるんじゃ……」

「村長は家畜じゃないっすから、無理じゃないっすか？　それに村長は小さい方がかわいくて良いと思うっす！」

「良くないよ！」

僕ももう十三歳だ。成長期のはずなので、そろそろ一気に背が伸びてくれてもいい頃だと思うんだけど……。

「そんなことより、また家畜小屋を増築してもらえると助かるっす！」

そんなこと、って……僕にとっては大事なことなんだよ……っ！

「今もどんどん子供が生まれてて、このままだと入れなくなるっすよ！」

「確かに子供が沢山いたよね……」

これも家畜小屋の効果だと思うけど、繁殖速度も凄《すさ》まじいみたいだ。

加えて一頭一頭があれだけ巨大な成体になるのだから、すぐに小屋がいっぱいになってしまうのも当然だろう。

「じゃあ、とりあえず新しく十棟くらい建てておくよ。あと、放牧地ももう少し広げた方がよさそうだね」

「ありがたいっす！　……あ、繁殖と言えばっすけど」

「どうしたの？」

「つーちゃんも繁殖してたっすよ」

「……え？」

つーちゃんって……確か、ツリードラゴンのことだよね？

ネルルと一緒にツリードラゴン専用となっている畑へとやってきた。

何も作物を育てていない畑の真ん中に、巨大な木が一本立っている。

離れたところから見ると完全に普通の大樹だけれど、よくよく見ると幹の一部がドラゴンのような頭になっていて、近づいていくとこちらに気づいて動き出す。

「〜〜〜〜♪」

「つーちゃん、元気にしてたっすか！」

ネルルにかなり懐いているようで、鼻の頭を差し出し、よしよしと撫でられて喜んでいる。

枝を尻尾のように激しく振っていて、まるで犬だ。

ちなみに元々ツリードラゴンには名前がなかったのだけれど、ネルルが「つーちゃん」と呼び始めてから最近はそれが定着しつつあった。

当人、いや、当木も気に入ってるみたいだからいいけど……。

「ほら、見るっす、村長。小さな木が生えてきてるっすよね」

「ほんとだ」

言われてみると、畑のあちこちから若木が生えてきていた。

大きさはまちまちで、まだ小さな芽でしかないものもあれば、僕の身長くらいの高さまで成長しているものもある。

「でもこれ、普通の木じゃないの？」

ツリードラゴンと違って、ドラゴンみたいな頭部は見当たらない。

一見するとただの若木だ。

「ほら、見るっすよ」

だけどネルルが近づいてみると、若木がくねくねと動き始めた。

「う、動いてる……」

しかも比較的大きな若木に至っては、葉っぱや幹を動かすだけでなく、その場から移動することもできるようだ。

「トレントに近い種っすからね。成長するまでは、ほとんどトレントと見分けがつかないみたいっす」

「へえ。わっ、何か身体に巻き付いてきたんだけど……」

近づいてきた若木が、僕の脚や胴体に絡みついてきた。

「じゃれてるっすよー」

「じゃれてるんだ……ちょっと苦しいんだけど……」

何本もの若木が纏わりついてきて、まるで縄で厳重に縛られているみたいになってしまった。

お陰で身動きが取れない。

「た、助けて……」

「〜〜！」

「あ、離れた」

ツリードラゴンが窘《たしな》めるように枝を振ると、若木は一斉に僕から離れた。

どうやら親の言うことをちゃんと聞くらしい。

「とっても良い子たちっす！」

「良い子なのかな……？」

今のところ若木は二十本近くいるという。この様子だとまだまだ増えそうだし、親のツリードラゴンくらい大きくなってしまったら……うん、今は考えないようにしよう。

第四章　マッチョ化計画

俺はアレク、冒険者だ。

現在は荒野に築かれた新しい村を拠点にして稼いでいる。

……まぁ村と言ってはいるが、実際には大都市と言っても過言ではない規模だ。

俺たちが訪れた頃はまだ賑わっている宿場町、といったくらいだったのだが、そこから異常な速度で発展していき、人口も建物も大きく増えていた。

もはや元が何もない荒野だったとは思えない。

それもこれも、あの村長の力だ。

マジでルーク村長には感謝しかない。この村に来たことで、俺たちはパーティ全員が貴重なギフトを授かることができたし、ダンジョンで手に入る素材やアイテムなどを売ることで、以前の何倍も稼がせてもらっている。

そのお金で装備も一新した。

もちろんすべて村のドワーフたちが作った武器や防具だ。

彼らの武具は非常に高性能で、恐らく王都でも簡単には手に入らないだろう。

噂を聞きつけ、俺たち以外の冒険者も沢山この村にやってきた。

そこでルーク村長は、冒険者を管理したり素材の買取りなどを行ったりするための機関を設立した。

この国では初となる「冒険者ギルド」である。

この冒険者ギルドでは、実績に応じて冒険者のパーティがランク付けされている。

駆け出しのＥランクから始まり、Ｄ、Ｃ、Ｂ、Ａとランクが上がっていく。

そして俺たちのパーティは現在、唯一のＡランクパーティだった。

「おい、あれ、Ａランクパーティの『紅蓮』じゃねぇか？」

「ほんとだ。またダンジョンの最下層記録を更新したんだってな」

そんな声が聞こえてきて、俺は思わずニヤついてしまう。

「気持ち悪いわね。なにニヤニヤしてんのよ？」

「ハゼナ、そう言ってるお前もめちゃくちゃ顔が緩んでるぞ？」

「そそそ、そんなことないわっ？」

『紅蓮』というのは、俺たちのパーティ名だ。

ギルドに登録するために名前が必要だということで、みんなで考えて付けたのだが、今や同業者たちに知れ渡っていた。

この村に来るまでは、まさかこんなに活躍できるようになるとは思ってもみなかったぜ。

特に俺なんてもう三十八歳だしな。

冒険者として限界を感じつつあったほどだ。

「……名声など、俺には……不要……」

「右に同じである。周囲の声など雑音に過ぎぬ。煩悩を払い、ただ行くべき道を邁進《まいしん》するべし」

と、何やら硬派ぶった言葉を口にしているのは、メンバーのディルとガイだ。

ディルは索敵や隠密行動などに長《た》けた狩人で、ガイは治癒だけでなく棍《こん》を使った戦闘もできる僧兵である。

それだけ聞くと、二人とも真面目に冒険者をやってそうだが。

……俺は知ってるぞ？

お前らがいつも飲み屋で何人もの女を侍《はべ》らせ、チヤホヤされて鼻の下を伸ばしているのを。

さて、そんな俺たちだが、最近はもっぱらダンジョンの最前線を攻略していくことに注力している。

ダンジョンというのは少しずつ拡大していくものだ。

だが通常それは何年もかけて行われるのだが、どういうわけか、この村のダンジョンはかなりの速さで拡張が進んでいた。

俺たちが来た頃はたったの五階層しかなかったのが、今では二十階層以上もある。

多くの冒険者が浅層で活動している中、俺たちは最下層記録の更新を狙って積極的に深層に挑戦していた。

せっかくギフトを手に入れたのだから、もっと上を目指したい。

そう思って、リスクも高いが、やりがいのあるチャレンジを続けているのだ。

今日もこれから深層へと潜る予定だった。

「カムル、今回も頼んだぞ」

「へい、任せてくだせえ」

ダンジョンを攻略するに当たって、俺たちは『迷宮探索』というギフトを持つ村人、カムルを雇っている。

こいつがいるかいないかで、攻略難度が段違いなのだ。

雇いたがるパーティは幾らでもいるため、なかなか予約が取れない状態なのだが、なぜか俺たちのパーティには優先的に来てくれる。

「いつも助かるわ」

「へ、へい！　たとえ未踏破階層だろうと、あっしにとっては庭みたいなもんすから、大船に乗った気持ちでいてくだせえ！」

……もしかしてこいつ、ハゼナに気があるんじゃないだろうな？

カムルは俺と同じで独身の三十八歳。ハゼナは十八歳だ。

しかもお世辞にも見た目がいいとは言えないカムルに対して、ハゼナは冒険者たちの間で秘かにファンクラブができるくらい人気がある。

どう考えても無理筋だと思うんだがな。

ちなみにここ荒野の村のダンジョンのことを、俺たち冒険者は『転変迷宮』と呼んでいる。

その最大の特徴は、五階層ごとに雰囲気がガラリと変わる点だ。

魔物やトラップの種類などに加え、環境も大きく変化するので、その度に違った対策が必要になる。

第一階層から第五階層までは、最もオーソドックスな洞窟型だ。

主にゴブリンやコボルトといった魔物が出現し、初心者には最適な狩場である。

ゴブリンが持っている錆《さ》びついた武器や、コボルトの毛皮といった素材が人気だ。

錆びついた武器は鋳《い》潰《つぶ》して新たな武器や金属製品の材料になるし、毛皮は衣服などに使われている。

第五階層には、エリアボスと呼ばれている強敵、エルダーコボルトが待ち構えている。

コボルトの上位種で、多くの新米冒険者たちにとって最初の大きな難関だ。

もっとも、襲い掛かってくるボスから逃げ、次の階層に行くこともできる。

また、エリアボスは倒されてからリポップするまで一時間かかるため、前の冒険者が撃破していたら遭遇できない場合もあった。

「むうんっ！」

「グアアアアアッ!?」

俺たちレベルになるともう瞬殺できる。

ガイが棍で頭を叩き潰し、エルダーコボルトが地面に崩れ落ちた。

ディルがナイフを使い、慣れた手つきで毛皮を剥ぎ取っていく。

エルダーコボルトの毛皮は高く売れるため、必ず持ち帰っている。少々荷物が増えても困らないのは、カムルが荷物持ちも担ってくれているからだ。

そしてエリアボスを倒した先には安全地帯がある。

ここは魔物が出現しない場所で、簡単な宿泊施設があるため寝泊まりすることもできた。

しかも最近は飲食店ができたりしていて、食事まで可能になっている。

とはいえ俺たちは素通りだ。

今日中にもっと深いところまで潜るつもりだった。

第六階層から第十階層までは、同じ洞窟型であっても、草木や苔《こけ》で覆い尽くされた緑の多いエリアになっている。

蜘蛛の魔物タラントや蟻の魔物アーマーアントなど、昆虫系の魔物が多く生息しており、そのせいか女性冒険者たちからは不評だった。

防具の素材になるアーマーアントや、蜂蜜が取れるマッドビーという蜂の魔物の狩りが人気である。

一応、薬草類も採れるようだが、基本的な薬草は村の畑で大量に栽培されているため、あえてここで薬草採取を行おうとする冒険者はいない。

五階層ごとにエリアボスが配置されているのだが、第十階層のエリアボスはタラントの上位種であるマザータラントだ。

巨大蜘蛛の巣から採れる蜘蛛の糸は非常に丈夫で、これも高い値段で売れる。ただ、採取が面倒なので俺たちには用がない。

マザータラントは近づかない限り襲い掛かってこないこともあって、戦わずに先へ進む。

その先もやはり安全地帯になっている。

少しだけ休憩を取ってから、俺たちはすぐ次の階層へと降りた。

第十一階層から第十五階層までは遺跡型となっている。比較的トラップの多い石造りの迷宮で、ミノタウロスが頻繁に出没するため、常に多くの冒険者たちで賑わっているエリアだ。

ミノタウロス肉は相変わらず安定して高い需要があるからな。

そして第十五階層で待ち構えるエリアボスはブラックミノタウロス。

その名の通りミノタウロスの上位種で、こいつの肉は通常のミノタウロスよりさらに高値で取引される。

ただし討伐の難易度を考えるとそこまで旨みがないこともあり、積極的に狩りを行っているのは一部の冒険者パーティくらいだった。

ちなみに以前はもっと浅層でミノタウロスを狩ることができた。

あまりに乱獲され過ぎてしまったせいか、現在は行き来するのに相応の時間が必要な階層まで降りてこなければならなくなっている。

こうしたことは、このダンジョンでは珍しくない。

「村長がダンジョンマスターと知り合いらしいからな。恐らく状況に合わせて調整しているんだろう」

「そんなダンジョン、他じゃ聞いたことないけど……」

「まぁあの村長だからな」

「まぁあの村長だものね」

そう納得しつつ、俺たちはそのブラックミノタウロスとの戦闘へ。

「ブモオオオオオオオオッ!?」

十分ほどかかって、その断末魔の声が響き渡る。いつもより少し手間取ったものの、問題なく撃破することができた。

「相変わらず重てぇな……」

倒したブラックミノタウロスを安全地帯まで運んでいく。

もちろんこれからさらに深層に進むのに、こんな巨体を持っていくわけにはいかない。

「いつも通り頼むぞ」

「まいどー」

そんな冒険者たちからの需要を敏感に察してか、安全地帯には手に入れた素材やアイテムを一時的に保管してくれるサービスができていた。

解体もやってくれるため、獲物をただ渡すだけでいいのもありがたい。

さらに、頼めば地上への運搬もしてくれる。

中には自分たちはずっとダンジョンに潜り続け、持ち運びの一切を彼らに任せているパーティもあるほどだ。

お陰で身軽になった俺たちは、第十六階層へと進んだ。

第十六階層からは再び洞窟型に戻る。

ただし氷に覆われたタイプで、幻想的で美しい光景が広がるものの、その極寒の環境と滑りやすい足場が冒険者たちを苦しめる。

ホワイトグリズリーやアイスウルフなど、出没する魔物もなかなかの強敵ばかりだ。

ただ、これらの毛皮は高級品で、かなりいい値段で売れるため力のある冒険者たちは、ミノタウロスよりもこちらを狙うことが多かったりする。

第二十階層のエリアボスはイエティの群れだ。

一体のビッグイエティが率いる十体ものイエティを相手にしなければならず、ここまで来た冒険者たちにとっても一筋縄ではいかない。

　俺たちも初戦はかなり苦労させられた。

　ただ、攻略法が分かってしまえばそれほど難しい戦いではなかった。

　十体のイエティは徹底的に無視し、とにかくビッグイエティを叩くのだ。

　ビッグイエティさえ倒してしまえば、連携が一気に崩れたイエティたちはそれほど怖くない。

　ハゼナが奴らの苦手とする火の魔法で通常イエティどもを牽制し、その隙に三人がかりでビッグイエティを一気に仕留めるのである。

「……ま、割に合わないから俺たちはスルーするんだが」

　襲い掛かってくるイエティの群れを無視して先へと進む。

　こいつらの毛皮は大した値段にはならないので、討伐リスクを考えて今回は回避一択だった。

　第二十一階層からは墓地を思わせる遺跡型だ。

　主にアンデッドモンスターが出現するのだが、魔物から得られる素材にあまり旨みはない。

　その代わり、宝箱からは希少なアイテムが見つかることが多かった。

　洞窟型と比べ、遺跡型にはよく宝箱が設置されているのである。

「あっちに宝箱があるみてぇです」

「近いのか？」

「近いはずでせぇ」

「よし、回収していくぞ」

そのため宝箱の在処《ありか》を察知できるカムルは非常に役立つ。

俺たちの目的はあくまで未踏階層の開拓なので、近い場所のものだけを回収しながら先へと進んでいく。

ここのエリアボスは上級アンデッドのワイトだ。

もちろんかなりの強敵だが、俺たちのパーティの場合、光魔法を使えるガイがいるため討伐はそれほど困難ではない。

ワイトが必ずドロップする「死霊王の杖」が非常に高く売れるので、ここは回避せずに討伐することに。

第二十六層からはまた洞窟型となっていた。

階層のあちこちに溶岩が流れており、そのため立っているだけで汗が溢れ出してくるほどの高温。

ここまでで最も過酷な環境と言ってもいいだろう。

俺たちは前回、ここで引き返すことを余儀なくされた。

噴き出す汗であっという間に水が無くなり、脱水による死の危機に晒《さら》されてしまったのだ。

寒いのは着込めば何とかなるが、暑いのは無理だと分かった。

しかし今回はばっちり対策をしてきている。

「村のエルフたちに作ってもらったこの特殊な液体があるからな」

深い青色の液体が入った瓶を鞄から取り出す。

これは氷冷ポーションと言って、身体に振りかければ一定時間、火や熱への高い耐性を得ることができるというものだった。

「冷たっ!?」

「身体が……キンキンに……冷えていく……」

「これは思っていた以上の効果であるな」

一リットルもない量の液体を身体にかけただけで、氷水に突き落とされたような冷たさに襲われる。

俺たちは慌てて溶岩が煮立つ階層へと飛び込んだのだった。

◇　◇　◇

「ルーク！　次のエリアについて相談に乗ってほしいんですケド！」

「うん、いいよ。ええと、今って確か、三十五階層まであるんだったっけ？」

今日はダンジョンマスターの妖精アリーのところへ遊びにきていた。

「そうなんですケド！　ルークのお陰でかなり立派になってきたんですケド！」

発見したときにはたったの二階層しかなかったアリーのダンジョンだけれど、現在は広さも深さも段違いに発展していた。

ダンジョンの成長には、ダンジョンポイントというものが必要らしい。

ダンジョンの中に外界からの侵入者がいる場合などに、このダンジョンポイントが加算されるようだ。

ドワーフたちが常にダンジョン内で暮らしていることに加え、最近では数多くの冒険者たちが挑むようになってきたこと、さらにはダンジョンを村の観光名所にしちゃって一般の人でも入れるようにしたことで、アリーのダンジョンは短期間にここまでの発展を遂げたのである。

「でもすでに三十階層がクリアされてしまいそうなんですケド！」

二十六階層から三十階層までは、溶岩が流れる灼熱の洞窟エリアだった。

ここは環境が過酷で、何らかの対策をしていかなければ突破することは難しいはずだ。

「アレクさんたちのパーティかな？　村のエルフたちに氷冷ポーションを作ってもらってたそうだし」

氷冷ポーションを身体にかけることで、一定時間、火や熱への高い耐性を得ることができる。

火属性の攻撃をしてくる魔物と戦う上でも有効だ。

実はこれ、このエリアを作った際に考えていた対処法の一つだった。

村の中で手に入る情報やアイテムによって攻略の糸口を掴む――というパターンは、ぜひ一度やってみたかったんだよね。

アリーのダンジョン拡張に協力していると、なんだかゲームの運営をやっているみたいで楽しい。
ちなみに三十一階層から三十五階層までは光が一切ない漆黒の迷路になっていて、何らかの方法で光源を確保しなければ突破することが不可能になっている。

「次は状態異常トラップてんこ盛りのエリアがいいと思うんですケド！　常に何らかの状態異常に侵されながら攻略しなければならないんですケド！」

「うーん、それは物凄く顰蹙《ひんしゅく》を買いそうな……」

「それなら超狭い穴の洞窟エリアはどうなんですケド！　人間サイズなら匍匐《ほふく》前進しなければ進めないんですケド！」

「そんなダンジョンは嫌だ」

残念なことに、ダンジョンマスターであるアリー自身のダンジョンセンス（？）は最悪だ。
最初なんて入り口からトラップ塗《まみ》れにしちゃってたし。
ちゃんとゲームバランスを考えないと、ユーザーが離れてしま……って、ゲームじゃないんだった。

まぁここまできたら攻略はほとんど趣味みたいなものだし、多少は理不尽なものがあってもいいかもしれないけどね。浅層でも十分、稼ぐことができるわけだし。

「あちこち水没してる洞窟とかいいかもね。潜らないと先に進めないようにしたりとか、水中に宝箱を置いたりとか」

「それ楽しそうなんですケド！」

「踏むと勝手に一方向に進んじゃう床がある遺跡とか。ちゃんと順番通りに行かないとゴールに辿り着けなかったり、元の場所に戻ってきたりしちゃうやつ」

「それはなんか頭が痛くなりそうなんですケド！」

「もしくは一階層まるまる広大な一つの部屋にしちゃうとか。階段はすぐに発見できる代わりに、魔物が一斉に襲い掛かってきちゃう」

「その発想はなかったんですケド！」

そんなことを色々と考えたけれど、結局、三十六階層からは水没タイプの洞窟にすることにした。

「魚系の魔物も作れるんだっけ？」

「もちろんなんですケド！」

魚の魔物や蟹の魔物は、この村ではなかなか手に入らない魚介系の食材として重宝されるはずだ。持ち帰るのが大変なので、さすがに多くは漁獲できないだろうけど。

水中で呼吸ができるようになると少し攻略しやすくなるものの、必須というわけじゃない。

むしろ服が濡れたりするのにどう対応するかだよね。

ゲームと違って、濡れたままだと体力を奪われていくし。

「ボスは蟹にしようかな。甲羅が硬くて、物理攻撃がほとんど効かないタイプ」

それからアリーと一緒に、各階層のマップや魔物の種類や出現頻度、宝箱やトラップの配置など、細かい部分を詰めていくのだった。

◇　◇　◇

俺の名はギース。冒険者をしている。

最近とある噂を耳にした。何でもアルベイル領北の荒野に、新しい都市ができたらしい。

しかもそこには非常に稼げるダンジョンがあるという。

初心者からベテランまでもが幅広く稼ぐことができ、しかもダンジョン内部に安全地帯があるため長期の探索にも適しているそうだ。

さらに街には、冒険者専用の無料で宿泊可能な施設が用意されているという。

加えてドワーフが作る高性能の武具が安価で手に入り、エルフ製の貴重なポーションを幾らでも買うことができる。

そのため今、冒険者たちがこの都市に殺到しているらしい。

「はっ、馬鹿を言え。そんなうまい話があるわけねぇだろ」

正直、俺はそんな噂などまったく信じていなかったし、周りの同業者たちも大半が鼻で笑っていた。

それでも冒険者としての好奇心が、俺の足をここまで運んできたのだ。

「……マジであったんだが」

巨大な建築物が建ち並び、大勢の人々が行き交う街の中心で、俺は呆然と立ち尽くす。

噂以上の都市だった。

しかも本当に周辺は草木も育たないような荒野で、そこに忽然と姿を現したのである。

……途中の街道、普通に歩いているだけでめちゃくちゃ速度が出たんだが、あれは何だったんだろうか？

そして街の中には確かにダンジョンがあった。

冒険者専用の宿泊施設が取り囲んでおり、ここに泊まっていればたったの数歩でダンジョンに通うことができるらしい。

すぐ近くにはこの国では恐らく唯一だろう冒険者ギルドがあって、さらに訓練場も設けられていた。

その訓練場を少し覗《のぞ》いてみる。

素振りをしたり剣を交えたり、同業者らしき連中が訓練に励んでいた。

「ほう。なかなかレベルが高いな」

どうやらこの街には実力のある冒険者たちが集まっているようだ。

「やはり成功する冒険者というのは、先入観に囚《とら》われないものなのだろう。だから今回のような俄かには信じがたい情報であっても、その優れた嗅覚で真偽を捉え、周りに先行することができるのだ」

　無論、俺もその一人なのだがな。

　そんなふうに悦に入っていると、声をかけられた。

「あんたぁ、見かけない顔だなぁ」

「ああ、さっきこの村に来たばかりなんだ」

「道理でなぁ。ここは素晴らしいところだぁ」

　少し間延びした喋《しゃべ》り方が気になるが、見ただけでかなり鍛えていることが分かる。

　剣士なのだろう、腰には剣を提げていた。

「そうだぁ。よかったら少し、手合わせしてもらいたいんだぁ」

「俺とか？　ふむ、いいだろう。しばらく移動ばかりで、ちょうど剣を振ってみたい気分だったところだ」

「おお、ありがとうだぁ。おれ、まだ全然だから加減してもらえると助かるだぁ」

　積極的な割に、随分と低姿勢な男だな。

　だが賢明な判断だ。

　なにせこの俺の剣は、名の知れた剣豪の師匠から直々に教わったもので、今も毎朝の稽古を欠かしてはいない。そこらの冒険者とは物が違うと自負していた。

「いいぞ。胸を貸してやるから、どこからでもかかってくるがいい」

「はぁ、はぁ、はぁ……や、やるじゃねぇか。きょ、今日のところはここまでにしておいてやろう……」

俺は息を荒《あら》らげ、どうにかその言葉を吐き出した。

何が「まだ全然」だよ!? お前めちゃくちゃ強いじゃねぇか！

いざ剣を交えてみると、この俺と互角に渡り合ってきやがったのである。

途中から全力でやっていたというのに、勝つどころか、下手したら負けていてもおかしくなかった。

自信満々で「胸を貸してやる」とかぬかしていた俺が馬鹿みたいである。

「正直、舐《な》めていたぜ。やはり実力のある冒険者が集っているみたいだな。他の街と同じ感覚でいたら痛い目を見るってよく分かったぜ」

「冒険者だぁ？」

「……？ どうした？ あんたもひとかどの冒険者なのだろう？ ったく、人が悪いぜ。まるで自分は大したことない、みたいな態度で来るんだからよ」

相手の反応に違和感を覚えつつも、俺はやれやれと肩をすくめる。

しかし次の瞬間、俺はそもそも根本的なところから勘違いしていたことを知るのだった。

「いやぁ、おら、冒険者じゃないんだぁ。普段は畑仕事やってて、剣はつい最近ここで教えてもらっただけでさぁ」

……は？

◇　◇　◇

「……ねぇ、最近みんな、やけに身体がムキムキになってない？」

その日、村の公衆浴場に来ていた僕は、村人たちの体格がよくなっていることに気づいた。

もちろん自宅にお風呂はあるのだけれど、村人との交流も兼ねて、たまにこっちに来ているのだ。

「はっはっは、そんなことありませんよ、村長」

「前からこんな感じですよね」

「そうですそうです」

「いやどう見てもムキムキだって！　二の腕が太腿《ふともも》みたいだし！」

なぜか否定してくる村人たちだけれど、明らかに誤魔化し切れないバルクアップぶりだ。

はち切れそうな分厚い胸板に、山脈のような僧帽筋、そして大腿《だいたい》四頭筋は鎧のよう。

しかも数人だけならまだしも、みんなそろってゴリゴリのマッチョに仕上がっているのである。

まるでボディビルダーの大会会場に迷い込んでしまったかのようだ。

「狩猟隊とか冒険者なら分かるけど、何で普通の仕事してる人たちまでムキムキになってんの……？　ほら、ベルリットさんだって、前はそんな身体じゃなかったよね？」

『剣技』のギフトを持ち、普段から訓練をしている弟のバルラットさんならともかく、ベルリットさんの仕事は筋肉を必要としないものだ。

「ええと……まぁ、少しトレーニングをしてはいますが……」

「少しってレベルじゃないと思うんだけど？」

一体どうやったのかと、真剣な顔で詰め寄ると、ベルリットさんは観念したように、

「村長が作ってくださった施設のお陰ですよ」

「え？　僕が？」

「はい。私も含めて普通の村人たちの体つきがよくなったのは、訓練場で鍛えているからなんです」

「訓練場で？」

〈訓練場：武技や魔法などの訓練のための施設。成長速度アップ、怪我防止機能〉

「狩猟隊や衛兵、冒険者用に作っていただいたものだと思いますが、密かにそこに交じって身体を鍛えていた者がいまして。そうしたら立派な体格に……。それを知った他の男たちも空いた時間に身体を鍛えるようになり、気が付けば皆がこの通りマッチョになっていたのです。最近では剣や槍などを習っている者もいて、村に来たばかりの冒険者と互角の試合をしたとかしないとか」

間違いなく訓練場の「成長速度アップ」の効果だ。恐らく筋トレの効果を大きく高めてくれるのだろう。

「それだよ、それ！」

僕は思わず叫んでいた。

なかなか背が伸びず、いつまでも子供っぽい僕。周りからは「かわいいかわいい」と言われているけど、僕だって本当は「かわいい」より「かっこいい」と言われたいんだ。

「僕も訓練場で筋トレして、みんなみたいにムキムキな身体になってみせる！　よーし、善は急げだ！　今すぐ訓練場に――」

がしっ！

「――あれ？」

何で僕、ベルリットさんに腕を掴まれちゃったの？

「あの……ここを出たいんだけど？」

「村長、残念ですが行かせはしません」

「な、何でさ!?」

「なぜなら……ルーク村長に、ムキムキな身体など似合わないからです……っ！」

ええええっ!?

「そうです！　村長は今のままが一番ですよ！」

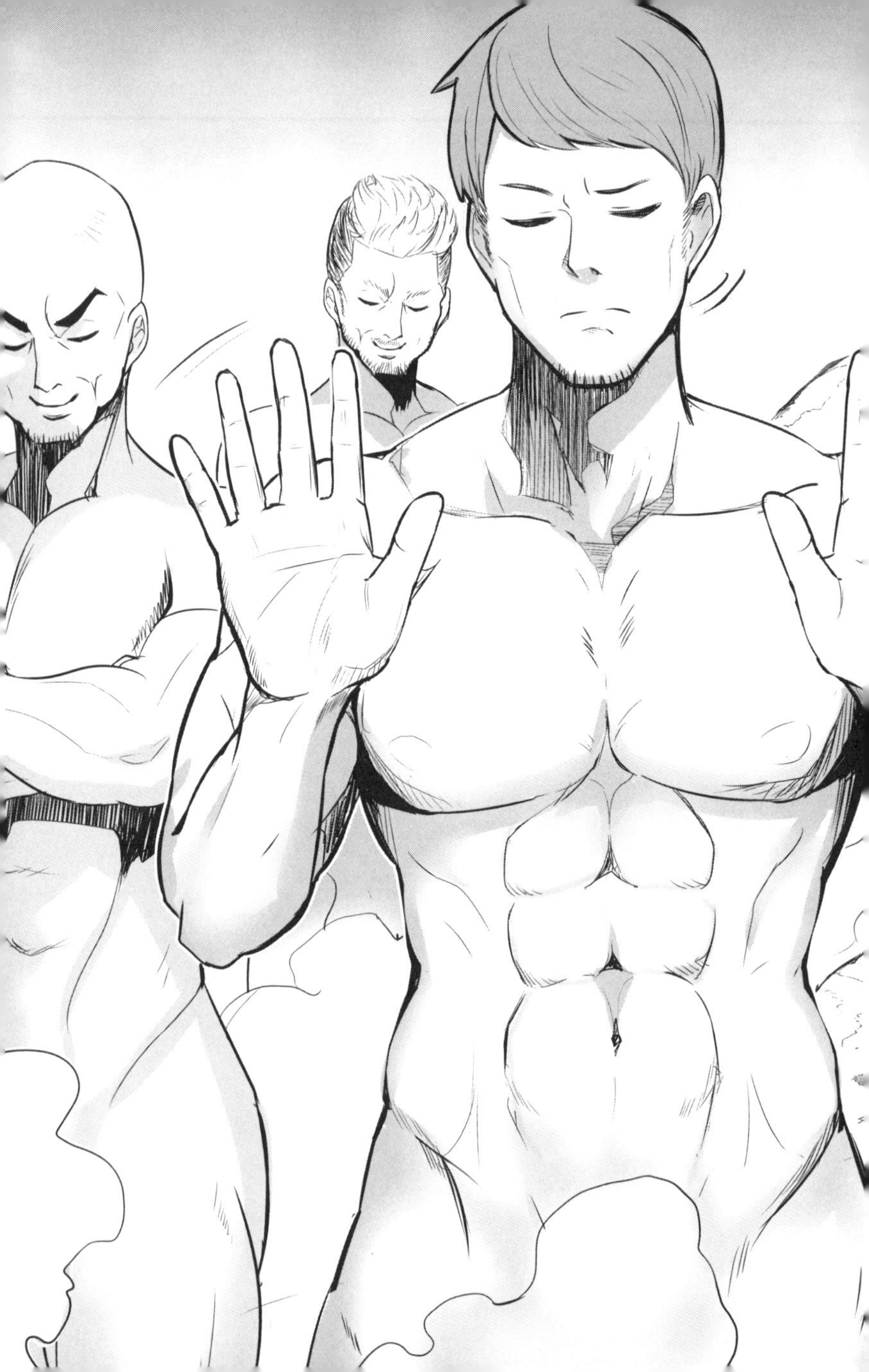

「絶対に鍛えてはいけません！」

「村長がマッチョになるなど、言語道断！　筋肉のことは我々に任せておけばよい！」

ベルリットさんのみならず、他のマッチョたちも口々に言ってくる。

「いや、似合う似合わないとかの問題じゃないでしょ!?　邪魔しないでよ！　僕は身体を鍛えるって決めたんだ！」

ベルリットさんを引き剝がそうとするけど、力が強すぎてビクともしない。

さらに僕の進路を塞ぐように、マッチョたちがずらりと並んで筋肉の壁を作り上げる。

これを突破するなんて非力な僕では不可能だ。

「うぅ……わ、分かったよ……そこまで言うならやめておくよ……」

僕はマッチョ化計画を断念するのだった。


……なーんて、簡単に諦めるわけがない。

「さて、みんなに見つからないように、こっそり訓練場に向かうとしよう」

と思ったのだけれど、

「どうされましたか、村長？」

「村長、こちらに何か御用ですか？」

「おはようございます、村長！」

訓練場に行こうとしたら、その度に必ずマッチョが目の前に立ちはだかる！

「いや、この先に行きたいんだけど……」

「はっはっは！　今日はいい天気ですね！」

「話も通じない……」

結局いつになっても、僕は訓練場に行くことができないのだった。

◇　◇　◇

……ルークのマッチョ化計画を阻んでいたのは。

「皆さん、よいですね!?　絶対にルーク様を訓練場に近づけてはなりません！　皆で力を合わせ、ルーク様のショタ体型を死守するのです！」

「「「おおおおおおっ！」」」

指導者ミリアが率いるルーク教の信徒たちであった。

◇　◇　◇

この世界において、子供は貴重な労働力だ。

だけど労働効率が高いこの村の場合、子供が働く必要はほとんどない。

そんなわけで、子供たちには将来のための勉強をしてもらおうと、学校を作ってそこに通わせることにした。

〈学校：子供たちの教育のための施設。教師の指導力、生徒の学習能力アップ〉

対象となるのは六歳から十一歳までの子供たちで、六年制。

読み書きや算数、歴史の他、この世界特有の魔法やギフト、スキル、それに魔物や魔境などについても教える。保健や体育の授業なんかも行うつもりだ。

教師は、それに相応《ふさわ》しいギフト持ちや、村人鑑定で分かる推奨労働などを踏まえ、村人たちの中から選出することにした。

「ルーク様。ぜひとも神学や礼拝の時間を設けましょう」

と、提案してきたのはこの村で唯一の神官であるミリアだ。

なるほど、確かに前世の記憶でも、宗教系の学校だとそういう時間があった気がする。

でも、誰に教師を任せればいいんだろう？

「わたくしにお任せください」

「あ、ミリアがやってくれるの？」

「はい。神官として、子供たちを正しく導くのは当然の役目ですから」

「じゃあ、お願いしようかな。でも大丈夫？　村の礼拝もやってくれてるのに」

「心配要りません。語れることは幾らでもありますから（ふふふ……子供の頃からしっかりと洗脳……もとい、英才教育を施さなければ……）」

「……？」

ちなみに礼拝をする曜日というのは、特に決まっていないらしい。

だから村の礼拝日と学校での礼拝日をズラすことができるようだ。

学校の他にも、僕は図書館や美術館などを作った。

〈図書館：図書資料を収集・保管し、利用者への提供等を行う施設。図書資料の劣化防止。村人の教養アップ〉

〈美術館：美術作品を保存・展示するための施設。作品の劣化防止。防犯設備。村人の芸術的感性アップ〉

今のところ所蔵できるものはほとんどないけど。

ただ、各地で戦いが常態化するこの国では、貴重な資料や芸術品などが失われてしまうことも少なくない。

移住者たちがそうした類《たぐい》の物を村に持ってくることがあるため、できる限り買い取って保存しておきたかった。

　ある日、村に女性の集団がやってきた。

　十代後半から二十代くらいの、比較的若い集団だ。全体的に少し強めに化粧を塗っていて、香水の華やかな匂いが鼻を突く。

「村長様、初めてお目にかかりますわ。わたくし、ファナと申します」

　二十代半ばぐらいの、やけに色っぽい女性が代表して名乗ってくる。

「実は村長様にお願いがあって参りましたの」

「お願いですか？」

「ええ。わたくしたちは皆、元いた街では娼婦をしておりましたわ。ですが事情があって古巣を捨て、この新天地へとやってまいりました。人口が急増しているというこの新しい街であれば、きっと需要があると思いまして」

　どうやら彼女たちは元娼婦らしい。

　何があったのかは分からないけれど、娼婦の多くは劣悪な環境で仕事をしていると聞くし、この村の噂を耳にして移住を決断したのだろう。

「そうなんですね。もちろん、皆さんにもちゃんとした仕事を紹介しますよ」

「……そのちゃんとしたお仕事というのは？」

「ええと、女性なら例えば服飾工房や飲食店ですとか……」

最近は出産ブームで診療所も人手が不足気味だし、仕事は沢山あった。

あとは一人一人を鑑定して、適性や潜在ギフトの有無なんかも見つつ判断できればと思う。

「もしかして村長様は、娼婦を卑しい職業だと思っていらっしゃるのでは？」

「っ!?」

予想外の指摘を受けて、僕はハッとさせられた。

「あ、いえ……そういうわけでは……」

「もちろん、表だって誇れる仕事ではないことは承知していますわ。やむなくこの仕事をしていたのであれば、真っ当な仕事に就くのがよいと思います。ですが、中にはこの仕事に誇りをもっている者もいるのですわ」

「……なるほど」

彼女の言葉はとても考えさせられるものだった。

勝手にレッテルを貼っていたけれど、ファナさんのように真っ当にこの仕事をしている人だっているのだ。

「そうですね。確かに僕は、娼婦という仕事に偏見を持っていたみたいです。すいません」

「うふふ、分かってくれましたの。それにしても、さすが若くして、これほどの街を築かれた村長様ですわ。わたくしのような者の言葉にも耳を傾け、そればかりか、そうやって自らを省みられるなんて」

ファナさんはうんうんと頷いてから、

「まぁ、もっとも、わたくしはエッチが大好きなド変態女なのですけれども！　好きなだけヤれるこの仕事はまさに天職っ！　ああっ、早く殿方のアレを挿《い》れたくて下半身がうずうずしますのぉぉぉっ！」

「そんな本音は胸の中にしまっておいて欲しかった！　誇りとかどこ行っちゃったの!?」

仕方なく彼女たちのために公的な娼館を作ることにしたのだった。

≪娼館：売買春を斡旋するための施設。避妊効果。性病感染防止≫

「ふふふ、見たところ村長様はまだ女を知らないご様子ですわ。初めてはぜひわたくしのところへ——ひぃっ!?」

「……？」

僕に色目を使ってきたファナさんの顔が、なぜか真っ青になる。

「い、今のは忘れてくださいませ〜っ！」

そう言い残して、逃げるように去っていってしまった。

「……？」

僕の後ろの方を見て急に顔色が悪くなったみたいだったけど……。

振り返っても、そこにはいつもの柔らかな笑みを浮かべたミリアがいるだけだ。

「どうしたんだろう？」

第五章　自重ができない村人たち

「す、すごい！　痛くなくなった！　さすがは先生だ。ありがとうございます！」

強い腹痛を訴えていた患者が、すっかり元気になって出ていく。

それを見送って、青年は苦笑した。

「うーん、僕の治癒なんて、ほとんど効果ないはずなのになぁ……」

青年ミュオンは、アルベイル領北郡にあるこの小さな町で、唯一の回復魔法の使い手として知られていた。

だが彼は治癒士専門の学校で回復魔法を学びはしたものの、常に落ちこぼれ。

三年かけても、せいぜい痛みを和らげる程度のことしかできず、お情けでギリギリ卒業させてもらったくらいである。

それでも回復魔法を使える人間は非常に希少なので、この町で開業し、薬の知識でどうにか誤魔化しながら営業を続けてきたのだ。

それが、ほんの一か月ほど前から大きな異変が起こった。

彼の行う治癒が、これまでとは打って変わって高い効果をもたらすようになったのである。

「僕の回復魔法のレベルが上がった……なんて様子はないし……。タイミングを考えると、ちょうどこの建物に来てからだよなぁ……」

一か月前、今のこの真新しい診療所へと移ってきたのだ。

なんでもこの診療所、いま話題の荒野の村の村長が建ててくれたらしい。

もちろん実際に建てたのは大工だろうが。

ただ、一瞬にしてこの場所に出現したなどという噂が広がっていたり、町の大工たちの中にこの建物の建設に携わった者が誰一人いなかったりと、謎が多かった。

最初この診療所に入った瞬間、不思議な力を感じた気はしたが……。

「いやいや、さすがに建物にそんな効果があるはずないしなぁ……」

と、そのときだった。

突然、診療所内に町の人が駆け込んでくる。

「せ、先生っ！　バルの旦那が魔物にやられた！　酷い怪我だ！　すぐにここに運び込まれてくる！」

「何だって!?」

バルというのは、この町の衛兵の一人だった。

近くに現れた魔物に対処したり、犯罪者を捕えたりと、この町の治安維持に大いに貢献してくれている。

しばらくすると、血だらけの男が仲間の衛兵たちによって診療所へと運び込まれてきた。

「こ、これは……」

「アルミラージの変異種にやられたんだ！　ただのアルミラージだと、油断しちまって……」

腹部を貫通する大怪我だ。アルミラージの鋭い角をまともに受けてしまったらしい。

ミュオンはすぐに回復魔法を使う。

だが以前よりも効力を大幅に増した彼の魔法をもってしても、幾らか出血を抑えることしかできない。

傷が深すぎるのだ。むしろまだ生きているのが不思議なほどで、体力に優れた衛兵だからこそ、辛うじて命を保っているのだろう。

それでもこのままでは助からない。ミュオンはそこでハッとした。

「そ、そうだ……確か、ここに……」

彼が慌てて戸棚から取り出したのは、謎の液体が入った小瓶だった。

「ポーション……幻の治療薬……どういうわけか、この診療所に最初から置かれていた……これが本物なら……」

まだ実際に使ったことがないため、ミュオンにもこれが本物かどうかは分からない。

だが一か八か、目の前の重傷人を助けるには、これに賭けるしかなかった。

蓋を開け、強引に患者の口の中へ液体を流し込んだ。

変化は劇的だった。見る見るうちに出血が治まり、それどころか刺創《しそう》がゆっくりと塞がり始めたのだ。

彼が通った専門学校の教師陣が使う回復魔法ですら、これだけの効力は発揮できないだろう。

「す、すごい……」


ポーションのお陰で衛兵は一命を取り留め、それから数日後には完治したのだった。

「やはりこれは本物のポーション……。こんな貴重なものが、一体なぜこの小さな町に……」

これほどの治療薬となると、どれだけの値が付けられるか、ミュオンには想像すらできない。

しかも、まだ二本も残っている。

診療所に置かれていたということは、噂のあの村と関係しているはず。

そう推理したミュオンは、その真偽を確かめるべく荒野へと向かった。

そこに村というより大都市があったことにも驚いたミュオンだが、それ以上に彼を驚愕させたのは――


「ポーションが普通に売ってるうううううううっ!?」

◇　◇　◇

儂の名はレオニヌス。

元はエルフの里の族長をしておったが、現在は荒野に築かれた村で暮らしておる。

ここでの生活は非常に快適じゃ。

村の大多数を占める人族たちも友好的な方ばかりで、同胞たちもすっかり新たな生活に慣れ親しんでおる。

そんな儂らエルフじゃが、ルーク村長に頼まれて、我がエルフの里に古代からその製法が伝わる秘薬、ポーションの製造に力を入れておる。

以前までは一本のポーションを製造するのに、多大な時間と労力が必要じゃった。

とりわけネックだったのが、素材となる薬草類じゃ。

その中には森でも滅多に採取できないものもあって、栽培しようにも上手くいかない。

お陰でどうしても作成できる量に限りがあったのじゃ。

それが今や、大量に生産できるようになっておる。

というのも、この村の畑で、必要な薬草類の栽培に成功したからじゃ。

エルフの里では長年にわたって試みられるも、一度たりとも上手くいかなかったため、正直まったく期待しておらんかった。

畑から希少な薬草が生えてきたのを見たとき、驚きのあまり屁《へ》をこいてしまったほどじゃ。

さらに製造にかかる時間も、かつてより大幅に短縮しておる。

村長が建てた工房内で作業を行うと、なぜか遥かに短い時間で製造できてしまうのじゃ。

最近では儂らが作るポーションを求め、商人たちがこぞって買いにきておる。

村の薬屋でも販売しており、特に冒険者や旅人などに重宝されていた。


「ポーションが普通に売ってるうううううううっ⁉」


よほど驚いたのか、大声で叫んでいる客がおるのう。

まだ若い人族の青年じゃが、ポーションの価値を知っておれば、あの驚き様も当然じゃろう。

ちなみに現在、村で製造しておるポーションには二種類ある。

一つは通常のポーション。

もう一つは、通常ポーションより遥かに高い効果を発揮するハイポーションじゃ。

ポーションでは治せないような重傷者をも治療できるハイポーションは、我がエルフの里でも滅多に作成することができず、〝神の気紛れ〟などと呼ばれるほどじゃった。

じゃがこの村に来てからというもの、安定して製造できるまでになったのである。

ただし、今のところは量産が難しく、販売はしておらぬ。

今後さらなる研究が進めば、いずれ量産できる日が来るかもしれぬがの。

そして儂らは、村の錬金術師や薬師たちとも協力しながら、新たなポーションの開発も行っておる。

基本的にポーションは外傷を治療することはできても、病気や毒などの状態異常を治すことはできない。

じゃが現在開発中のキュアポーションは、病気や毒にも効果をもたらすもので、これが完成すれば儂のような老人でも健康に長生きできるようになるかもしれぬ。

すでにある程度の効果を持つ液体は作れるようになっており、後は品質を向上させるだけという段階にあった。

「む、何じゃ？　今日は随分と工房が騒がしいようじゃが……」

そんなある日のこと、ポーションの製造工房にやってきた儂は、いつもとは違う工房内の雰囲気に違和感を覚えた。

普段は皆、粛々と製造や開発に勤しんでいるはずなのじゃが……。

「レオニヌス殿っ！　た、た、大変ですっ！」

「何があったのじゃ？」

「じじ、実は……と、とにかく、こっちに！」

作業員に連れて行かれた先にあったのは、容器の中で淡い光を放ち続ける液体だった。

研究主任を務めるエルフが、それを実験用のネズミに振りかけようとしている。

「見たことのない液体じゃな？　ポーションではないのか？」

「キュアポーションを開発する過程で、偶然できた液体です。これをご覧ください」

「なっ!?」

そのネズミは尻尾が根元の辺りから切れて無くなっていた。

じゃが謎の液体をかけるやいなや、見る見るうちに生えてきて、元通りの綺麗な尻尾になってしまったのだった。

「か、身体の欠損を治したじゃと……？　そんな……こんな真似ができるとなると……まさか、その液体は……」

「はい。かの伝説の霊薬……エリクサーの可能性があります」

◇　◇　◇

「ルーク殿！　ルーク殿っ！」

「どうしたの、レオニヌスさん？　そんなに慌てて」

「こ、工房に！　今すぐ工房に来てほしいのじゃ！」

「……？」

その日、僕は村のエルフたちが働いている工房に呼び出された。

〈工房：美術や工芸、鍛冶、服飾などに使える仕事場。アイデア力、器用さ、品質アップ〉

村には色んな工房があるけれど、ここでは主にポーションを作っている。

元々は限られた量しか生産されていなかったポーションだけれど、素材となる薬草の栽培に成功してからというもの、今では量産できるようになっていた。

さらにハイポーションという、より高い性能を持つポーションや、病気や毒などにも効果があるキュアポーションなど、新たなポーションの開発も進んでいた。氷冷ポーションなんかもその一つだ。

「こ、これを見ていただきたいのじゃ」

そう言って、レオニヌスさんは用意されていた実験用のネズミに、淡く発光した不思議な液体をかける。

そのネズミには尻尾がなかったのだけれど、

「えっ……は、生えてきた……」

ポーション、そしてハイポーションであっても、身体の欠損を再生することは不可能であるはずだった。

だけど今、僕のすぐ目の前で、失われた尻尾が完全に元通りになってしまったのだ。

「こんなことが可能な液体なんて……まさか」

「そのまさかですのじゃ！　これこそ、かの伝説の霊薬、エリクサーですぞ！」

「エリクサーっ!?」

伝説なので詳しいことは分からないけれど、身体の欠損どころか、生まれつきの障害や病気すらも治し、さらには飲み続ければ五十年は若返るとまで言われている秘薬だ。

よく見ると、この液体をかけられた実験用のネズミ、切れた尻尾が修復したばかりか、毛並みまでもが良くなっていた。

「鑑定してもらったのじゃが、間違いなくエリクサーだとのこと。我らの祖先の中でも、特別な力を有したハイエルフたちだけが精製できたとされる、秘薬中の秘薬じゃったのに……まさか、それを儂らが作ってしまうとは……」

感極まったのか、レオニヌスさんは涙声で言う。

しかもこのエリクサー、新しいポーションを開発する過程で偶然作れてしまったらしいのだけれど、すでにその製法も判明しており、今後も精製が可能だという。

「大量の素材が必要なため、さすがに量産はできぬが、要望があればいつでも作ることはできますぞ。ただ……」

こんなものを村で作れると知れ渡ったら、大変なことになってしまうよね。

世界中の王侯貴族がこの夢の霊薬を欲しており、過去にはそれが偽物であったにもかかわらず、争奪のための大戦争が勃発したほどだという。

そのせいで、呪われた薬と恐れられているのがエリクサーなのだ。

「……秘密にしておいた方がよさそうだね」

その後もエルフの工房では、様々なポーションが開発されていった。

「飲むだけで一時的に筋力が十倍になるマッスルポーションですぞ！　見てくだされ！　儂のような非力なエルフでも……ごくごくごく……この通りですじゃ！」

ズゴオオオオンッ！

レオニヌスさんが拳を叩きつけると、凄まじい轟音とともに地面が大きく割れた。

「……は？」

唖然とする僕を余所に、レオニヌスさんはまた別のポーションを持ってきて、

「さらにさらに！　こちらのポーションは、飲むだけで一時的に知力が十倍になるインテリポーションですのじゃ！」

それを飲んだレオニヌスさんが披露してくれたのは、五桁の数字二十個を僅《わず》か五秒で足し算するというものだった。

「７９５１６５じゃ！」

「せ、正解……」

エルフの族長というイメージとは裏腹に、正直そんなに頭がいいとは言い難かったレオニヌスさ

んが、一瞬でこんなに難しい計算をしてしまうなんて……（失礼）。

「そしてこちらのポーションは、飲むと一時的に精力が十倍になるフルボッキポーションじゃ！」

ちょっ、ネーミングっ!!

あとそれは今ここで飲んでみせなくていいからね!?

「村のホテルとこのポーションがあれば、繁殖力の低い儂らエルフでもあっという間に子だくさん間違いなしじゃ！　現に儂の妻も五十年ぶりに妊娠しましてな！」

「そ、それはおめでとうございます……」

フィリアさんに弟か妹が生まれるみたいだ。

「まだまだありますぞ！　魔物を寄せ付けなくなるポーションに、気配を完璧に消すポーション、身体が軟体動物並みに柔らかくなるポーション、悪臭を綺麗に消してくれるポーション……」

「ちょ、ちょっと待って！」

僕は慌ててレオニヌスさんを遮る。

「い、一体どれだけ開発したの……？」

「ざっと三十種類以上じゃが」

三十種類以上っ!?

僕は思わず言った。

「ええと……もう少し自重してもらってもいいかな……？」

◇　◇　◇

おいらの名はドラン。

元々は山脈の麓にある洞窟でひっそりと暮らしていたおいらたちドワーフだが、現在はここ荒野に築かれた人族の村で暮らしてる。

この村での暮らしはとても快適だった。

長年の洞窟暮らしで日の当たるところでの生活が落ち着かないおいらたちのため、村長はわざわざ地下で暮らせるように環境を整えてくれた。

蛇や虫を食べるしかなかった洞窟暮らしのときと違い、この村では美味しいものがたくさん手に入る。

水も使い放題で、毎日お風呂に入れるから身体もずっと清潔だった。

何よりおいらたちを喜ばせたのは酒だ。

洞窟では滅多に飲めなかった酒を、この村では好きなだけ飲むことができる。

しかも段違いに美味いのだ。

村長からは地下でしか飲んではダメだと厳命されているけれど、それで困ることはない。

おいらたちは毎晩のように仲間内で酒を酌み交わしている。

……それにしても、気づいたらいつも裸になっているのはなぜだろう？

そんなおいらたちは、決してこの村に寄生しているだけじゃない。

村のためにちゃんと働いている。

大好きな酒造りや、頑丈な身体を活かした肉体労働に従事しているドワーフも多いが、一番はやはり鍛冶だ。

手先が器用なおいらたちは、この村で使われている武具の大半を生産している。

洞窟暮らしの頃と違い、素材が手に入りやすいこの村では、質のいい武具を量産することができた。

値段もお手頃なので、村に来た冒険者や商人たちが決まって驚愕している。

「なっ!?　この剣がこんな値段で!?　冗談だろう!?　王都だと五倍以上はするぞ！」

よほど驚いたのか、大声で叫んでいる客がいる。

恰好からして冒険者だろう。

「一体どうなってるんだ、この街は……ただの一般人が俺と剣で互角に渡り合いやがるし、マッチョがゴロゴロいやがるし……」

だが彼が手にしているものは所詮、量産品だ。

基本的には『鍛冶』のギフトを持たない普通のドワーフたちが作っている。

一方で、『鍛冶』のギフト持ちたちが製造している武具は、量産品などを遥かに凌駕した性能のものだった。

それらは単に切れ味がいいとか、使い勝手がいいとか、そういう話ではない。

その大半は何らかの「スキル」が付与された特殊武具だ。

例えば武具の耐久値がほとんど減らなくなる「不壊耐性」だったり、装備者の身体能力を向上させてくれる「身体強化」だったり。

最近は競うようにして、強力な特殊武具を次々と作り出していた。

「む、何だ？　今日は随分と工房が騒がしいようだが……」

その日、鍛冶工房にやってきたおいらは、いつもと違う工房内の雰囲気に違和感を覚えた。

普段は皆、粛々と作業に勤しんでいるはずだが……。

「ドランっ！　た、大変だべっ！」

「何があったべ？」

「じじ、実はっ……と、とにかく、見た方が早いべ！　ドナ！」

「ん」

呼ばれて前に出てきたのは、まだ十二歳の若いドワーフであるドナだ。

つい最近、『兵器職人』というギフトを授かった彼女は、それ以来、今まで誰も考えつかなかったような画期的な武具を幾つも創り出している。

例えば鞭状態に変形できる機能を持った特殊な剣だったり、本物の腕のように動かせて剣を振るうこともできる義腕だったり、衝撃を吸収することでダメージを大きく軽減させるぶよぶよの盾や鎧だったり。

どうやらそんな彼女が、また新しい武具を開発したらしい。

「見た目は普通の剣にしか見えねぇべ？」

だが彼女が手にしていたのは、一見するとただの剣だった。

これも以前見た鞭のような剣のように、変形したりするタイプだろうかと思っていると、

「えい」

ピシャアアアアンッ!!

「～～っ!?」

ドナが剣を軽く振った次の瞬間、轟音とともに雷光がおいらの目を焼いた。

白くなった視界がようやく元に戻ったおいらが見たのは、焼け焦げて煙が上がっている床だ。

「な、な、な……今の雷撃は……その剣から……？」

「ん」

「ということは、まさか……」

驚くおいらとは対照的に、ドナは淡々と言った。

「魔剣を作った」

◇◇◇

「ルーク村長！　ルーク村長っ！」

「どうしたの、ドランさん？　そんなに慌てて」

「こ、工房に！　今すぐ工房に来てほしいだ！」

「……？」

その日、僕は村のドワーフたちが働いている工房に呼び出された。

もちろん鍛冶工房だ。

彼らドワーフは鍛冶の才能に秀でていることもあって、彼らの多くがここで武具類の製造に携わっている。

日の当たる場所が苦手な彼らの居住区であるダンジョンの中に作られていて、そのためダンジョン産の素材を直《ちょく》で仕入れることが可能だ。

彼らが作る武具は量産品ですら非常に質がいい。

しかも値段が安く、村にやってきた商人や冒険者の多くが「何かの詐欺なのでは」と疑うほどだった。

そんな彼らドワーフの中でも、『鍛冶』のギフトを持つ職人たちは、何らかの「スキル」が付与された特殊武具を作っている。

スキル持ちの特殊武具は本来かなり希少で、世界的にも非常に数が少ない。

たとえ『鍛冶』のギフトを持っていても、滅多に作り出せないものだからである。

……うちのドワーフたち、当たり前のように作ってるんだけど。

それどころか、彼らは競い合うようにして、より高い効果量の武具、あるいは新たな「スキル」が付与された武具を次々と作り出していた。

「村長にぜひ見ていただきたいものがあるだ！」

なんというか、すごく嫌な予感が……。

エルフたちのことを思い出して、僕は軽い頭痛を覚える。

「ドナ、あれを見せてほしいだ」

「ん」

ドランさんに促され、前に出てきたのは剣を手にしたドナだ。

彼女は最近『兵器職人』というギフトを授かった女の子で、それから短期間に創造的な武具を幾つも生み出していた。

ドナが一見すると何の変哲もない剣を振るう。

すると次の瞬間、そこから猛烈な雷撃が放たれ、用意されていた的に直撃した。

「け、剣から魔法……？　まさか、これって……」

「そのまさかだ！　これこそ魔剣と呼ばれる伝説の武器だべよ！」

「魔剣……っ!?」

魔剣というのは、読んで字のごとく、使用することで魔法が発動される剣のことだ。

魔法を使えない人でも使用でき、しかも魔力消費や詠唱が一切必要ない。

考えただけでも強力すぎる武器だ。いや、もはや兵器と言ってもいいかもしれない。

「鑑定してもらったところ間違いないそうだぁ。魔剣製造は、かつておいらたちの先祖が行っていたというが、とっくに失われたはずの技術……まさか、それを蘇らせちまうなんて……」

感極まったのか、ドランさんは涙声で言う。

「貴重なミスリルが必要なため、さすがに量産は難しいべ。ただ、必要なら何本でも製造できるはずさぁ。もちろん火や風なんかの魔剣も作れるだ」

……フィリアさんによれば、かつてドワーフたちの帝国が、強大な武具を以《もっ》て世界を支配しようとし、天罰を受けて滅びたらしい。

魔剣もその一つなんじゃ……。

当然こんなものが村で作れると知れ渡ったら、大変なことになってしまう。

「……これも秘密にしておいた方がよさそうだね」


その後もドワーフの工房では、ドナが中心になって様々な武器が開発されていった。

「これは受けた攻撃をそっくりそのまま跳ね返す盾」

ドナが手にした盾に向かって矢が放たれる。すると不思議なことに、盾に直撃した瞬間、矢が反転して射手の元へと返っていってしまった。

「な……」

「もちろん魔法も跳ね返せる」

唖然とする僕を余所に、ドナはまた別の武器を見せてくれた。

「これは狙った相手を必ず射貫けるボーガン。矢が勝手に追尾してくれる」

ちょうど上空を飛んでいた鳥に向けて矢を放つ。

すると矢は大きく弧を描きながら鳥を追いかけ、見事にその小さな身体を貫いてしまった。

「これは小型のゴーレム兵。敵に突っ込んでいって、勝手に自爆してくれる」

ドゴオオオオオオオオンッ！

なんかめちゃくちゃ危険なのも来た!?

「他にもある。魔力を使い、大きな鉄の弾を発射するやつ。それを小型化させたやつ」

「ちょ、ちょっと待って！」

僕は慌ててドナを遮る。

「ど、どうやって作ったの、それ……？」

「？　自分で考えた」

いやいや、それって完全に大砲とか銃だよね!?

この世界では魔法が存在することもあってか、こうした類の武器を今まで見たことなかったのに……自分で一から作るとか……。

しかも弾丸を安定させるため、砲身に螺旋《らせん》状の溝が掘ってあった。

「連射できるようにしたやつもある」

「機関銃まで!?」

おかしい。この子だけ文明の進み方がおかしい。

僕は思わず言った。

「ええと……もう少し自重してもらってもいいかな……？」

◇　◇　◇

「出発するわよ！　みんな、準備はいいわね!?」

「「おおおっ！」」

セレン率いる狩猟隊の面々が、村の東にある城門の前に集っていた。

精鋭ばかりの集団だ。なにせ二十人規模の人数でありながら、当然のごとく全員がギフトを有しているのである。一人一人がもはや一騎当千と言っても過言ではない。

もしどこかの戦場にいたならば、間違いなく第一級の戦果を挙げてしまうだろう。

『二刀流』と『青魔法』のダブルギフトのセレン。

同じくダブルギフトで、『弓技』と『緑魔法』のフィリアに、『二刀流』と『緑魔法』のセリウス。

『盾聖技』のノエル、『剣技』のバルラットとペルン、『槍技』のランド、それに『巨人の腕力』のゴアテといったお馴染みのメンバーに加え、『斧技』のギフトを持ち、現在は仮釈放中の元盗賊の親玉ドリアルの姿もあった。

戦闘系のギフト持ち以外には、『索敵』という便利なギフトを所持する少女クレタが参加している。

「本当にいつ見てもこの村の戦力はおかしい……」

と、思わず苦笑いしているのは、元代官ダントに仕える兵士だったバザラだ。

『剣技』のギフトを持つ熟練の戦士である彼もまた、この強力な一団に加わっていた。

これより彼女たちは、荒野の東側に聳え立つ大山脈の調査に赴く予定だった。

荒野の北側に広がる魔境の森とは別の、もう一つの魔境だ。しかし森とは違い、これまでほとんど探索されてはこなかった。

というのも、北の森と比べて村からかなり距離があって、往復するだけで半日はかかってしまう。

そのため狩猟隊も、今までこちらの魔境で狩りをすることはなかった。

だがここ最近、そうは言っていられない状況となってしまっていた。

村の人口が増え、乱獲し続けたせいで、森のオークが枯渇してきたのである。

村の名物の一つだったオーク肉。

その不足に危機感を覚えた彼女たちは、オーク肉に代わる新たな食材を探し、東の大山脈を目指すことにしたのだった。

幸いルークが山脈の麓まで敷いてくれた道路を進めば、距離もほとんど問題にならない。

「ていうか、たった一時間で着いてしまったわ……」

「ふむ、これなら日帰りで狩りをするのも十分可能だろう。……それにしても随分と立派な山々だな」

歩いているだけで、走るよりも早く移動できてしまう道路に、呆れた様子のセレン。

その横でフィリアが聳え立つ山々を見上げている。

「ちなみに、おいらたちが暮らしていた洞窟があるのはあの辺りだべ。今思うと、よくあんなところに住んでたなぁ」

と指をさしながら懐かしそうに言うのは、狩猟隊の一員であるドワーフのバンバである。

背は低いが、ドワーフ特有の筋肉質な体つきの男だ。『剛剣技』というギフトを持っており、自分の身体より何倍も大きな剣を軽々と振り回すことができた。

山脈の麓の辺りは鬱蒼《うっそう》とした草木で覆われている。

それも中腹あたりから段々とまばらになり、さらに標高が上がると岩肌が剝《む》き出しになっていくようだった。

「近くに魔物の気配はある？」

「前方右斜め前……百メートルほど先に一体います。反応は小さいですね。ウェアラットでしょうか」

『索敵』ギフトのクレタが答える。ウェアラットは二足歩行するネズミの魔物で、大きさはゴブリンより一回り小さいくらい。食べられなくもないが、あまり美味しくないという。

　どうやら魔物はもっと山の奥に潜んでいるようだ。

　登りながら探し回ることもできなくはないが、

「魔物寄せのお香を使いましょ」

「ぼくもその方がいいと思います、姉上」

　魔物が好む匂いを使い、平地に誘《おび》き寄せる作戦を取ることにした。

「セリウス殿、二人で山に向かって風を送ろう」

「ひゃ、ひゃい……」

　フィリアから提案され、セリウスが裏返った声で返事をする。

　二人とも『緑魔法』のギフト持ちなので、風を起こすくらいはお手の物だった。

「こここ、これはっ……は、は、はじめての、共同作業では……っ？」

「む？　どうした、セリウス殿？」

「ななな、何でもないです……っ！」

顔を真っ赤にするセリウスに、フィリアは首を傾げている。

一方、他の面々はそんな二人に温かい眼差しを送っていた。

と、そのときだ。

「っ！　来ました！　大物です！」

クレタが叫ぶ。

山の斜面を駆け下りてくるその魔物の姿を、すぐにセレンたちも捉えることができた。

「コカトリスっていう鳥の魔物が沢山いただ。巨大な鶏みたいだが、お尻は蛇のようになってて、かなり凶暴なやつだべ。たまーにおいらたちが住む洞窟内に入り込んできたから、みんなで頑張って倒したけど、こいつの肉がまたとんでもなく美味いんだあ」

と、ドワーフたちが語ったその情報の通り、赤いトサカを持つ巨大な鶏のような魔物だ。尾から延びる蛇の尾を入れたら、全長は軽く四メートルを超えている。

その斧のような嘴《くちばし》で突《つつ》かれたり、大木の根のごとき脚で蹴り飛ばされたりしたら一溜《ひとたま》りもないだろう。

「クエエエエエエエエエッ!!」

しかも魔物寄せの香を嗅いで興奮しているのか、凄まじい雄叫《おたけ》びを轟かせている。

そもそもコカトリスは、オークよりもずっと危険度の高い魔物だ。

たった一体であろうと決して侮ることはできない。

だが迫りくる凶悪な鳥を前に、セレン一行が示した反応は恐怖などではなく、

「「「鶏肉キタアアアアアアアアアアアッ！！！」」」


食材を発見した喜びだった。

「クエッ!?」

無論、人間の言葉が分かるはずもないのだが、いきなり食材扱いされたコカトリスが僅かに怯《ひる》んだように見えた。

ビュンッ!!

その隙を突くように矢を射放ったのはフィリアだ。

風の後押しを受けた豪矢が、真っ直ぐコカトリスの胸目がけて飛んでいく。

「クエエエッ！」

だがコカトリスが咄嗟《とっさ》に口から吐き出した唾液が当たるや、矢は急速に勢いを失って地面に落下してしまった。

見ると、木材と鉄でできていたはずの矢が、白い石と化している。

「なるほど、あれがコカトリスの石化の唾液か」

「気を付けないと一瞬で石にされてしまうわね！」

コカトリスの唾液には、敵を石化させる力があった。

対策として何種類かのポーションを持ってきてはいるが、効果があるかは実際に試してみなければ分からない。


ドオオオンッ!!


「クェェェッ!?」

轟音とともに、コカトリスの突進が止まった。

ノエルが巨大な盾を手に、たった一人で巨体を受け止めてしまったのだ。

元から背の高かったノエルだが、成長期らしくまだまだ伸び続けていた。細身だったはずの身体も筋トレの成果かがっしりして、今や体格でオークを凌駕するほどだ。

「さすがだな、ノエル……っ！」

「でも、見た目よりは軽い……たぶん、鳥だから……」

「今のうちよ！」

動きが止まったコカトリスへ、一斉に躍りかかる。

コカトリスは慌てて飛び下がりつつ、石化の唾で応戦した。

嘴から吐き出されたそれは、しかし回避されてしまう。

「奴は唾液を吐く直前に首をたわめる！　それを見極めれば、避《よ》けるのは難しいことじゃない！」

石化の唾液を躱《かわ》したのはセリウスだ。

彼はコカトリスの予備動作を指摘し、仲間たちに共有する。

「凍らしてしまうのもアリね」

一方、セレンは唾液を氷結させて地面に落下させている。

「いや、それは姉上にしかできないことです……」

十八番の石化攻撃がことごとく対処されて、コカトリスが焦ったように「クェクェ～～ッ!?」と鳴く。

嘴や鋭い脚、それに蛇の尾による攻撃もまた、巨大な盾を構えるノエルによってすべて防がれてしまう。

この集団には敵わないと悟ったのか、踵《きびす》を返して逃げようとしたコカトリスだったが、そのときにはすでに斜面の上へ回り込まれ、逃げ道を封じられていた。

「ク、クエエエエッ！」

「はっ、また破れかぶれの石化攻撃かよ！　予備動作で丸分かりだっつーの！」

「いや、待てっ！　こいつはっ……」

元盗賊の親玉ドリアルが馬鹿にしたように叫ぶが、ベルリットが異変に気づいて声を荒らげる。

次の瞬間、コカトリスの嘴から吐き出されたのは、霧状になった白い息だった。

「石化の息か！」

「息も浴び続けると危険だべ！」

唾なら回避できても、息として周囲に広く拡散してしまえば避けることは困難だと判断したのだろう。

コカトリスの知能の高さがうかがえるが、しかしその作戦はあっさりと打ち破られた。

「セリウス殿！」

「は、はい……っ！」

フィリアとセリウスが息を合わせ、同時に上昇気流を巻き起こす。

石化の息はそれに乗って空へと消えていった。

「に、二度目の共同作業……っ！」

「ふむ、セリウス殿。どうやら貴殿と私は、なかなか相性がいいようだな」

「ああっ、相性がいいっ!?　そそそ、それってつまり……っ！」

「こら、セリウス。今は戦闘に集中しなさい」

姉に怒られるセリウスだった。

◇　◇　◇

東の魔境に出向いていた狩猟隊が帰ってきた。

「ルーク、鶏肉をゲットしたわ」

「と、鶏肉……？」

嬉しそうに言ってくるセレンだけれど、僕は唖然とするしかない。

狩猟隊が運んできたその生き物、確かに頭には赤いトサカがあって鶏みたいだけれど、尾が蛇みたいになっているし、何より大きさが尋常じゃない。

たぶん全長四メートルはあるだろう。

うちの家畜小屋の鶏たちも巨大だけれど、その二倍どころじゃない。

「もしかしてこれ、コカトリス？」

「そうとも言うわ」

「こ、こんなに大きいんだ……」

しかもコカトリスという魔物は、石化攻撃をしてくるそうだ。

さすがの狩猟隊も討伐に苦戦したのだろうと思いきや、

「対処の仕方が分かってからは楽だったわ。ひとまず十四くらい捕まえてきたわよ」

「……参加したの、二十人とかだったよね？」

巨体がずらりと村の広場に並べられた様は、なかなか壮観だった。

たった二十人でこれだけの数を……このまま行くと、そのうちドラゴンとか普通に狩ってきそうで怖い。

「セリウス殿との連携が上手くいった。どうやら私たちは相性がいいようだ」

というフィリアさんの言葉に顔を赤くしているセリウス君へ、僕はこっそり耳打ちする。

「もう告白しちゃいなよ」

「こ、ここ、こくっ!?　ななな、何を言っているんだ!?　ぼぼぼ、ぼくは、べべべ、別にっ、フィリアさんのことなんてっ……」

「あれ？　僕、フィリアさんに、とは一言も言ってないよね？」

「っ!?　ちちち、ちがっ……違うから……っ！」

「……もう丸分かりなんだから、そんなに必死になって否定しなくても」

気づいていないのはフィリアさん当人くらいだ。

鈍感というか、あまり色恋ごとに興味なさそうな人だからなぁ……。

でも、セリウス君が熱意をもってぶつかれば、案外あっさりＯＫしてくれそうだけどね。

「ふむ、そうか、それでは付き合おうではないか」なんて言いそう。

「まぁそれはともかく。せっかくだし、今日は狩りの成功を祝って鶏肉祭りにしよう！」

「「おおおおおおおおおっ！」」

あれから村に料理人が増えた。その中には料理系のギフト持ちも少なくなく、食材の質も相まって、村のグルメレベルが凄まじいことになっている。

最近では、わざわざ村の料理を食べるためだけに、何日もかけてやってくる観光客もいるほどだ。

狩猟隊が持ち帰ってきた新鮮なコカトリスを、そんな村の腕利きの料理人たちが調理してくれることになった。

ちなみに石化の成分を分泌する器官は喉の近くにあるらしくて、それを取り除きさえすれば問題なく食せるそうだ。

広場に設けられたのは、二十を超える屋台。

そこで各料理人たちが独自の鶏肉料理を提供し、村人たちは各々好きな屋台で好きな料理を注文できる。

簡単に言うとグルメイベントとか、フードコートみたいな感じ。

屋台前に並ぶと混み合っちゃうので、あらかじめ注文を済ませおいて、料理ができたら取りに行くというシステムにしてある。

村が主催のイベントなので、今日に限っては基本的に支払いが不要だ。

だからと言って食べ切れない量を注文されると困るので、あらかじめ食券を配っておいて、その範囲内ならタダ、それ以上を食べたいなら有料、というふうにした。

「どこの屋台もめちゃくちゃ美味そうなんだが……っ！」

「くっ……すべて食べたいが、さすがに二十店舗は……」

「はははっ！　『大食い』のギフトを持つ俺には夢のようなイベントだ！　初めてこのギフトが活きるときがきたぞ！　……え？　食券分を超えると有料？　そんな……お金が……」

確かに美味しそうな料理ばかりだ。

……ていうか、多彩過ぎない？

焼き鳥くらいならこの世界でも珍しくないけれど、衣をつけて揚げたとり天や、中華風の油淋鶏《ユーリンチー》、ケバブっぽい料理、それにアヒージョまで。

あっちの屋台はタンドリーチキンだし……えっ、親子丼やラーメンまである⁉

たぶん、この世界にはないものばかりだよね？

もしかしてゼロから開発しちゃったとか？

「料理人たちにも自重が必要かもしれない……」

そして当然のごとく、どの料理も途轍《とてつ》もなく美味しかった。

「「「うめえええええええええええええええええええっ⁉」」」

こうしてコカトリスの肉料理が、新たに村の名物に加わったのだった。

第六章　ドルツとフレンコ

「フレンコ子爵め、また性懲りもなく攻めてきたか！」

　長きにわたって敵対している隣領貴族の侵攻を知り、怒声を上げたのは、この一帯を治める貴族のドルツ子爵だった。

　両子爵家は、昔から領土の問題を抱えてきたが、それでも代々の当主がどうにか折り合いをつけ、辛うじて大規模な争いを避けてきた。

　しかし現在、両家の当主を務める二人の代になってからというもの、一気に関係が悪化。激しい戦争を繰り返すようになっていた。

「我が精強なドルツ兵たちにかかれば、貴様に似て腑抜《ふぬ》けなフレンコ兵を蹴散らすなど、赤子の手をひねるより容易《たやす》い！　返り討ちにしてくれるわ！」

　そう自信満々に言い切るドルツ子爵は、実は敵対するフレンコ子爵と、王都にある王立学校の同期生だった。

　入学時からライバル関係にあった彼らは、在学中に何度も激しくやり合い、いっそう互いを憎み合うようになってしまう。

　そのまま二人が当主になってしまったものだから、もはや争いは個人対個人に留まらず、領地を巻き込んだものにまで発展してしまったのだ。

「ご、ご当主様！　大変です！」

「どうした？」

　戦いに向けて兵の準備をしていた家臣が、やけに慌てた様子で駆けてきた。

「て、敵の兵数は、およそ五千。それに対するのに、こちらも同数の兵を用意しようとしたのですが……ま、まったく兵が集まらず、今のところ僅《わず》か三千の兵を揃えるので精いっぱいという状況です……っ！」

「何だと？　それはどういうことだ！　徴兵に応じぬ者には相応の処罰があるのだぞ！　集まらないなどあり得ぬはずだ！」

　俄《にわ》かには理解しがたい家臣からの報告に、ドルツ子爵は声を荒らげる。

「そ、それが……実は、ここ最近、そもそも領内の人口そのものが、大きく激減してしまっているようでして……」

「なに……っ!?」

　まったく予期せぬ返答に、ドルツ子爵は面食らってしまう。

「以前から領民の離脱が少しずつ増えてはいたのですが……それがこの数か月ほど前から、さらに加速し……。丸ごと消滅してしまった村は、すでに五十を超えるという報告もあるほどで……」

「五十の村が消滅しただと!?　一体、村人はどこにいったのだ!?」

「その大半は恐らく……例の荒野の村へ……」

領地の東に広がる不毛の荒野。

そこに新たな村ができたという話は、ドルツ子爵の耳にも入っていた。

「っ……アルベイル侯爵領の開拓村か……っ！　だが、この短期間にそれほどの数が殺到しては、全員を受け入れられるはずがない！　結局また戻ってくるだろうと予想していたはずだ！」

アルベイル侯爵領ということもあって、彼にも手を出すことはできず、ほとんど野放しの状態だった。

しかしたかが荒野の小さな村に、それほどのキャパシティがあるとも思えない。

そのため今の今まで捨て置いていたのである。

「は、はい……ですが、村が予想以上の速度で発展を遂げ……今では、村というより、もはや都市……それもアルベイル領でも、最大規模の都市にまで成長してしまったと……」

「アルベイル領でも最大規模だと!?　ほんの数年前に作られた村だろう!?　一体どうやったらそんなことになる!?」

「そ、それは……生憎《あいにく》と、調査に向かった者たちの悉《ことごと》くが、そのまま帰ってこず……詳しいことまでは……」

「何なんだ、その村は……」

それからというもの、ドルツ軍は、フレンコ軍に連戦連敗を喫した。

元々、両軍の戦力が拮抗《きっこう》していたところに大幅に兵力を失ってしまったのだから、当然の結果と言えるだろう。

そしてついには本丸の領都へ、フレンコ子爵の大軍が迫ってくる。

防衛に徹すれば簡単には負けないだろうが、援軍が期待できない以上、陥落は時間の問題だった。

「ご当主様！　今のうちに領都から脱出してください！」

「何だと!?　貴様、この儂《わし》に敵を前に尻尾を巻いて逃げろというのか！」

「それも再起のためです！　もしここで敵の手にかかれば、二度と領地を取り戻すことはできません！　どこかで機を窺い、いずれ奴らに目に物を見せてやるのです！」

「くっ……仕方ない！　フレンコ子爵よ！　これで勝ったなどと思うな！　最後に笑うのはこの儂だ……っ！」

そうして主だった家臣を引き連れ、領都から逃走したドルツ子爵。

彼が向かったのは、まさしく自らの敗走の最大要因となった、荒野の村で――


「な、何だ、これは……？」

その巨大な城門を前に、ドルツ子爵は思わず呆然と立ち尽くしてしまった。

彼が治めていた領都の城門どころか、王都のそれに勝るとも劣らない立派な代物だ。

遥か先まで続く城壁といい、どこか異国の大国にでも迷い込んでしまったのではないかという錯覚を抱いてしまう。

「これが少し前まで村だった、だと？　どう考えても、遥か前から建設が始まっていたとしか思えんぞ……」

「と、とにかく、ここならば我々が再起を図るうえで打ってつけのはずです。見ての通り、移住者らしき人々が続々とやってきています。彼らに紛れれば、我々も怪しまれる心配はないでしょう」

「……領地を失う原因となった場所に身を寄せるというのは正直、業腹《ごうはら》ではあるが……確かに、ここならばフレンコ軍も手を出せぬだろう」

そんなやり取りを家臣と交わしながら、ドルツ子爵は城門へと近づいていく。

そこで衛兵と思われる連中から簡単な質疑をされたが、西の方からの移住希望者だと伝えれば、特に怪しまれることもなく通してもらえた。

それだけ元ドルツ領からの移住者が多いということだろう。

城門を潜《くぐ》り抜けると、そこには広大な畑が広がっていた。

その先には再び城壁が存在し、どうやら村は二重の城壁で護《まも》られているらしい。

「畑まで城壁で囲ってしまうとは……近くに二つの魔境があるとはいえ、何という厳重な防衛だ

「……」

その後、畑にできた作物の巨大さや、見たこともない建物、高性能な武器やポーション、魔物食材を使った料理などに幾度も驚愕させられつつも、住む場所や仕事を与えられ、無事に一族家臣そろって街に入り込むことに成功したのだった。

「今は雌伏のとき……必ず領地を取り戻してやる。フレンコ子爵よ、ひと時の勝利の味を、それまでせいぜい味わっておくがよいわ。くっくっく……」

「いやぁ、それにしても素晴らしい公演だった。演劇は王都にいた頃に何度か見たことはあったが、ここのはやはり次元が違う。同じものを何度見ても飽きぬ」

「本当ですね。そうそう、飽きないと言えば、ラーメンをご存じですか？」

「ラーメン？　聞いたことないな」

「恐らく異国の麺料理なのですが、これが途轍《とてつ》もなく美味しいのですよ。私は最近、毎日のように食べているのですが、スープも麺も色んな種類があって、まったく飽きることがありません」

「ほう、それは美味そうだな……。しかし美味いと言えば、やはりミノタウロス肉を使ったステーキだな。あれは最初に食べたとき、本当にこの世の食べ物なのかと疑ってしまったほどだ」

「いや、あの肉汁は反則ですよね。オークの肉やコカトリスの肉といい、本当にこの街のグルメはとんでもない。実は先ほどのラーメンも、オークやコカトリスで出汁《だし》を取っているそうですよ」

「なんと、それはますます食べたくなったではないか」

「ならば今から行きましょう！　せっかくですから、幾つか食べ比べてみるのもよろしいかと。いえいえ、心配せずとも大丈夫です。この街で販売されている胃腸薬、効き目が抜群でして、飲めば幾らでも食べれるようになりますよ。さらに脂肪を燃焼してくれるダイエットポーションを飲めば、太る心配もありません」

「なるほど、だからこの街にはほとんどデブがおらぬのか！　よおし、では早速、そのラーメンとやらを――」

　ドルツ子爵はそこでハッとした。

　あれ、儂って演劇やグルメを堪能するためにこの街に来たのだったか、と。

「ち、ちがぁぁぁぁぁぁぁぁぁうっ！」

「？　どうされましたか？　ははぁ、さては、今日はラーメンではなく、ハンバーガーの気分でしたか。あれもいいですね。ミノタウロス肉を使ったジューシーなパティに、爽やかなトマトとレタスを――」

「おい、目を覚ませ！　忘れたのか！　戦わずして領都を手放し、逃走したあの悔しさを！」

「はっ!?」

　胸倉を掴《つか》まれて前後に揺さぶられ、家臣も我に返る。

「そ、そう言えば」

「そう言えばではない！　儂らの目的は領地を取り戻すことだ！　羽目を外してこの街での生活を堪能している場合か！」

「……」

いやあんたも完全に忘れて羽目を外していただろ、という顔をする家臣だった。


領地を取り戻すためにどうすればいいか。

ドルツ子爵が考えたのは、まずこの街に移住してきた元領民たちを味方に引き入れることだった。

とはいえ、彼らはすでに領地を捨てた者たちだ。

無理やり言うことを聞かせるわけにもいかず、そんなことをしたらすぐに公になって、大変なことになってしまう。

そこで彼らが取ったのは、フレンコ軍の極悪非道な統治により、元ドルツ領が酷《ひど》い目に遭っているという噂を流すことだった。

統治者が変わったことで少なくない混乱は出ているが、実際にはそこまで以前とは変わっていない。

むしろひとまず戦争状態が解消されたことで、状況が改善されたほどだ。

しかしそんなことなど関係ない。

重要なのは、元領民たちの義憤に訴えかけることだった。

「そんな……いや、確かに我々は領地を捨てて移住してきたが……それでも故郷が悲惨な目に遭っているのは悲しい」

「フレンコの連中め……なんて酷いことを……っ！」

あることないことをでっち上げることで、多くの元領民たちが怒りを示す。

次第に元ドルツ領をどうにかしなければという声が、彼らの中から上がり始めた。

そしてそれは、他の住民たちにまで広がっていく。

……まさにドルツ子爵の思い描いた通りの展開だった。

「この街を治めるアルベイル侯爵の息子は、侯爵と違い、非常に正義感が強いと聞く。ここで儂が正体を明かして涙ながらに訴え出れば、領地奪還にも協力してくれるはずだ。この街の戦力を考えれば、フレンコ軍など恐るるに足らん！　勝ったな！　はっはっはっは！」

「さすがです、ご当主様！」

自らの勝利を確信して哄笑《こうしょう》するドルツ子爵。家臣たちがそれに喝采を送る。

そんなときだった。彼らが集会場として使っていたマンションの一室に、いきなり街の衛兵たちが乗り込んできたのは。

「ん？　な、何だっ、お前たちは……っ？　な、何をする!?　放せ！　儂を誰だと思っている!?」

「ドルツ子爵だろう」

「っ!?　なぜそれを!?」

家臣たちもあっという間に屈強な衛兵たちに取り押さえられ、ドルツ子爵を助けることもできなかった。

そのまま彼らは連行されていく。

――こうして更生施設へと放り込まれることとなったドルツ子爵だった。

◇　◇　◇

「うん、領地を取り戻したい気持ちは分かるけど、嘘はダメだよ、嘘は」

かつてベルリットさんたちが暮らしていたドルツ領。

そこの領主がこの村に逃げてきたのは、すでにかなり前から知っていた。

マップ上に赤い点で示されていたので、こっそり村人鑑定を使って正体を調べさせてもらったからだ。

「それが真っ当な方法だったら黙認しようとは思ってたけど……さすがに虚偽の情報でみんなを扇動するのはアウトだよ」

そんなわけで、強制的に更生施設送りにさせてもらったのだった。

　そして一か月後。ドルツ子爵が施設から出てきた。

「ルーク様っ、大変申し訳ありませんでしたあああああああっ！」

　いきなり僕の前でジャンピング土下座を決めるドルツ子爵。

「すべて儂が間違っていた！　申し訳ない！」

「う、うん。分かればいいんだけど、分かれば。もう住民の扇動はしないでくださいね」

「間違っていたのはそれだけではないのである！」

「え？」

「領主としてすべてが間違っていた！　隣領の領主を憎むあまり、幾度となく戦争を繰り返しては、領民に多大な負担を与えてしまっていた！　こんな愚かな領主では、皆が領地を捨てて逃げ出すのも当然というもの！　奪われた領地を取り戻したいと思ったのも、決して領民たちのためではなかった！　ただただ、己のちっぽけな矜持《きょうじ》のためであった！　ああっ！　儂は一体どこまで最低な人間であったのだ！　赤子からやり直したい！」

　めちゃくちゃ改心してた。

「ご当主様！　間違っていたのはあなただけではありません！　我々家臣も、自分たちの保身のことしか考えていませんでした！　ご当主様を支えながら、共に領地発展のために全力を尽くすべきだったというのに！」

……家臣たちも完全に改心している。

更生施設の更生力、相変わらず凄すぎるんだけど……。

〈更生施設：悪人や罪人を更生させるための施設。改心確率アップ〉

そうして改心したドルツ子爵が、神妙な面持ちで切り出してくる。

「ルーク様、実は一つお願いがあるのです」

「お願い？」

「……もう一度、領地を取り戻すチャンスを頂けないだろうか？　無論、決して自分の矜持のためなどではない。今度こそ領民のための統治を行い、この街のような素晴らしい領地を作り上げたいのである」

街じゃなくて村だけどね、一応。

「残念ながらフレンコ子爵は、かつての儂と同じ。彼が統治している限り、領地の発展は望めず、またいずれ再びどこかの領地と争いを起こすことになるであろう」

そう語るドルツ子爵の口振りに、フレンコ子爵に対する敵意や恨みのようなものは感じられなかった。冷静な分析からくる予想なのだろう。

「しかし我々だけでは、領地奪還に果たして何年かかることか……。そこで恥を忍んで申し上げるのだが……ルーク様、どうか我々に力をお貸しいただけないだろうか？」

「別にいいですけど」

「い、いや、さすがに虫の良すぎる話だったよう……って、よろしいのか!?」

「はい。まぁ、それくらいならすぐ終わると思いますし」

「す、すぐ終わる……？　領都は完全にフレンコ軍に占領されており、そう簡単にはいかないはずだが……ま、まさか、アルベイル軍を……？」

「それはないです」

僕にアルベイル軍を動かせる権限なんてゼロだし、それを脅しに使ってフレンコ子爵を追い出すつもりもない。

「大丈夫。被害なんて出さずに上手くやれる方法がありますから」


「ルーク様……この地下道は一体……」

「作りました。ドルツの領都まで続いてますよ」

「えええ……」

ドルツ子爵が唖然《あぜん》とする中、僕たちは真っ直ぐ延びる地下道を勢いよく進んでいた。

主にセレン率いる狩猟隊が中心となった、総勢百人ほどの戦力だ。

このまま直接、ドルツ領都にある領主の城へと乗り込むつもりだった。

『潜入者』のギフトを持つ村人にあらかじめ調査させたところ、フレンコ子爵は軍を率いて自らドルツに乗り込んできてから今に至るまで、ずっとその城に滞在しているらしい。

「今のところ城の中庭に繋《つな》げる予定ですけど、大丈夫ですか？」

「そんな場所にいきなり敵が現れては、防衛など不可能かと……」

「じゃあ、そこでよさそうですね」

敵の本陣中心に突入し、一気にフレンコ子爵を捕えてしまえば、ほとんど被害なく城を奪い返すことができるだろう。

「そんなの普通は無理に決まってるけど……」

「ルーク殿だからな」

「相変わらず出鱈目《でたらめ》だ……既存の戦略がもはや通じない……」

そんなことを仲間内からも言われつつ、地下道を進むことおよそ二時間。

「そろそろ着く頃だね」

「えっ？　ま、まだ二時間しか経っていないのだが……？　徒歩で移動すれば最低でも二日はかかるはず……」

ドルツ子爵が驚いているけれど、施設グレードアップを使って、移動速度が上昇するようにしたからね。

こうなるとそれなりにポイントの消費も激しい。

最初は地上に敷いた道路を進み、途中から地下道ということも考えたけど……できるだけ秘密裏に動かなければ奇襲にならない。

だから最初から地下道を使うことにしたのだ。

「階段を作って、と……複数あった方がいいかな」

階段が一つだけでは、百人が一度に地上に出ることができない。一斉に奇襲を仕掛けられるよう、階段を幾つか作ることにした。

「ルーク様、潜入しているババラによると、フレンコ子爵は現在この部屋にいるそうです」

そう地図を示しながら教えてくれるのは『念話』のギフトを持つサテンだ。

彼が念話を使い、城内にいるスパイとやり取りしているのである。

「城内の様子が丸分かりだ……」

「ご当主様、この部屋、寝室では……？」

「っ！　あやつめ、こんな昼間からお楽しみというわけかっ！」

ちなみに城内の構造はあらかじめ全員に共有してあるので、迷うことはないはずだ。

「じゃあ、準備はいいかな？　一斉に地上と繋げるからね。三、二、一――」

階段が地上と連結し、地下道に明るい光が差し込んでくる。セレンが叫んだ。

「行くわよ！」

「「「おおおおおっ！」」」

階段を駆け上がり、皆が勢いよく城内へ突入していった。

……なお、僕はここでお留守番である。

◇　◇　◇

「まったく、ご当主様には困ったものだ」

そう溜息混じりに呟いたのは、フレンコ軍を率いる将官の一人。

彼が仕えるフレンコ子爵は、仕事を家臣に押し付け、連日、城内の女を捕まえては楽しんでいた。

長年にわたって争ってきたドルツ子爵に勝利したことが嬉しいのは分かるが、まだ完全にこの地を支配できたわけではないのだ。

「色々と不安定な状況だ。せめて昼の間くらいは、しっかり指揮を執っていただきたいものだが……」

加えて、ドルツ子爵が一体どこにいるのかも分かっていない。

ここ領都を落としたときには、すでにその姿はなかった。

恐らく敗北は確実と見て、先に逃げ出したのだろうが、いつ再び兵を率いて領都奪還のために攻めてくるとも分からないのだ。

「もっとも、現在のドルツ領の状況を考えると、それも容易ではないだろうがな」

元々は戦力が拮抗していたはずの両陣営。

その差が急激に開いてしまったのは、領民の大量離脱により、ドルツが大幅に弱体化したことが原因だった。

そもそも領民が減り続けているのだ。

再び軍を結成しようにも、十分な戦力を確保するのは簡単なことではない。

「だが今後、フレンコ領からも人が減っていく可能性は高い。いや、すでに少しずつ減ってきている。それもこれも、アルベイル侯爵領に新たにできた村のせいだというのだが……」

謎の村の噂は彼も伝え聞いていた。

俄かには信じがたい話ばかりだったが、ドルツ領の状況を見れば信じざるを得ない。

フレンコの場合、地理的にドルツより影響が軽微だったが、今後、遅れて急激な領民の離脱が起こり、そのうち同じ運命を辿るかもしれなかった。

「ご当主様があの様子だと、我が領も危ないかもしれぬな……」

と、そのときだ。城の二階部分に設けられた外回廊を歩いていた彼は、城内の庭に不思議なものを発見する。

「何だ、あれは？　階段？　あんなところに階段などあっただろうか？」

地下へと続く階段だ。

占領した後に城内を隈《くま》なく探索したが、庭にそんなものなどなかったように思う。

その直後、階段から飛び出してきた複数の人影に、彼は我が目を疑った。

「なっ!?」

武装した集団だ。そしてどう見ても、フレンコ軍の装備ではない。

「て、敵襲だと!? 馬鹿な!?」

突然のことに理解が追い付かない彼に、更なる追い打ちが掛かる。

少し離れた場所にも同種の階段が出現しており、そこからまた別の集団が城内へと乱入してきたのだ。

「あそこにも!? いや、向こうもだ!? い、一体何が起こっている!? くっ……て、敵襲! 敵襲だ! すでに城内への侵入を許している! すぐさま応戦せよ!」

動揺の極致にありながらも、彼は必死に声を張り上げた。

そんな中、彼が見たのは、この城から逃げ出したはずの人物で。

「あ、あれは、ドルツ子爵!? これはドルツ軍なのか!?」

装備がバラバラのためすぐには分からなかったが、ドルツ子爵がいるというなら間違いないだろう。この城を取り戻すため、自ら乗り込んできたのだ。

「っ!?」

そのとき彼に向かって、地上から弓を引く者が見えた。

しかし彼我の距離は三百メートル以上あり、そんなところから射貫《いぬ》けるはずがない。

その楽観的予測は一瞬で打ち抜かれた。

放たれた矢が唸りを上げながら一直線に迫りくる。

ギリギリのところで身を伏せていなければ、彼の頭は吹き飛んでいたかもしれない。

轟音《ごうおん》が鳴り響き、恐る恐る振り返ると、彼の背後の壁が隕石《いんせき》でも落ちたように凹《へこ》んでいた。

「な、な、な……」

あんな化け物じみた矢を放てる人間など、見たことがない。

無論、ドルツ軍にそのような兵がいるという話も聞いたことがなかった。

だが彼を戦慄させたのは、その弓士だけではなかった。

氷の塊を射出しながら、二本の剣で次々とフレンコ兵を斬り飛ばしていく少女。

巨大な盾を構えた突進で、フレンコ兵数人を軽々と吹き飛ばす大男。

風を纏《まと》い、目にも留まらぬ速度で駆けながらフレンコ兵を圧倒する少年。

他にも尋常ではない強さの猛者ばかり。

事態に気づいたフレンコ兵が続々と集まってきているが、せいぜい百人ほどの集団を、まるで食い止めることができないでいる。

「い、一体、どうなっているんだ……」

「はっはっは！　それにしても愉快だな！　あやつの城を、こうして我が物顔に歩き回ることができるというのは！　せっかくなら悔しがる顔を見たかったが、仕方がない。なにせ尻尾を巻いて逃げ出してしまいおったからのう！　はっはっは！」

　犬猿の仲であったドルツ子爵から領地を奪い取ったフレンコ子爵は、戦後処理を家臣たちに任せ切り、自らはその勝利の余韻に浸るように、占領した城で羽目を外しまくっていた。

　その日も真っ昼間から酒を飲み、妻をフレンコ領へ残してきているのをいいことに、城内にいた若い女を捕まえ、寝室へと連れ込んでいる。

「お、お許しください……」

「くくく、よいではないか。今や私はこの地の領主。大人しくしていれば、お前の家族ごと取り立ててやるぞ」

　元からこの城に仕えていた者たちの多くは、フレンコ子爵のもと城で働き続けることを許されたものの、それなりに見目の良い女性は、あらかた手を付けられてしまっていた。

　フレンコ子爵は、昔から女癖が悪いことで知られる人物なのである。

「たたた、大変ですっ！」

「っ、何事だっ？」

　そんな情事の真っ最中、ノックもなしにいきなり駆け込んできた家臣に、全裸のフレンコ子爵は声を荒らげた。

「貴様っ、許可もなく勝手に入ってくるとはっ……ただでは済まさぬぞ！」

「て、敵襲っ！　敵襲です！」

「何だと？　まさか、ドルツ軍か……？　はっ！　あやつめ、我が軍に連戦連敗し、城を捨てて逃げ出したことをもう忘れおったのか。この短期間で軍を立て直すことなど、どう考えても不可能であろう。一体どこからどの程度の兵力で向かって来ているというのだ」

慌てている家臣とは裏腹に、フレンコ子爵は余裕の笑みを浮かべて嘲《あざけ》る。

「へ、兵数は定かではありませんっ！　しかしっ……敵はすでに、城内に侵入してきているのです！」

「な、何だと!?　一体どういうことだ!?　領都内どころか、この城への侵入を許しただと!?　それならなぜ今頃、報告してくるのだ!?」

「そ、それがっ……わ、分からないのです……っ！　城壁の警備兵からも、城周辺の警備兵からも、一切の報告がなかったのです！」

そんなことはあり得ないはずだった。

まずこの領都は周辺を城壁に護られている。

出入り可能な城門は、フレンコ兵が厳しく警戒しており、彼らに見つからずにすり抜けることなど不可能だ。

加えて城の周囲も、警備兵が多く配置されている。

強引に突破するのは難しく、ましてやいきなり城内に現れるなどあり得ない。

「ならば隠し通路か!?　いや、そこもしっかり兵を置いていたはずだ！　まさか、他にも……？

だが、そう何本もあるような城とは思えぬし……」

ドルツ子爵が逃走に使っただろう隠し通路は、城内を隈なく調査することですでに見つけていた。

そこを通って侵入するのも難しいはずだ。

そのときだ。部屋のドアが勢いよく開けられ、複数の人影が躍り込んでくる。

その中の一人に、フレンコ子爵は見覚えがあった。

「っ！　き、貴様はっ……」

「久しぶりだな、フレンコ子爵」

「ドルツ子爵っ!?　ば、馬鹿なっ、なぜここに貴様が……」

一度はこの城を捨てて逃げ出したはずの男が、フレンコ兵によって完全に占拠された城の中枢に姿を現した。

信じがたい状況に、もしかして自分は白昼夢でも見ているのではないかと混乱するフレンコ子爵。

「どうだ？　この城を奪ってからの短い栄華は、十分に楽しむことができたか？」

「っ……へ、兵どもは何をしている!?　とっととこいつを捕えんか！」

声を張り上げるフレンコ子爵だったが、いつまで経っても味方の兵たちが部屋に駆け込んでくることはなかった。

「残念だが誰も来ぬぞ。すでにこの城は占拠しておる。いや、占拠というのは適切な言葉ではないな。元は儂の城だ」

「あ、あり得ぬっ……一体、どうやって……」

「どうやってこの短期間で兵力を集め、城を取り戻したのか。知りたいか？」

「っ……」

「いいだろう。教えてやる。ただしその前に……」

それからドルツ子爵が口にした言葉の意味を、このときのフレンコ子爵にはまるで理解することができなかった。

「更生施設に入って、その腐った性根《しょうね》を叩きなおしてこい。この儂と同じようにな」

◇　◇　◇

「大変申し訳ありませんでしたああああああっ！」

いきなり僕の前でジャンピング土下座を決めるフレンコ子爵。

あれ、どこかで見たことあるよね、この光景。流行ってるのかな？

「ええと、前回のドルツ子爵はともかく、フレンコ子爵が謝ってくる理由が分からないんですけど……」

「私ごときが偉そうに領主をしていたことを、すべての人々に心からお詫びしたいのだ！」

「めちゃくちゃ壮大な謝罪だった！」

相変わらず急激な改心ぶりが恐ろしい。

この村の更生施設があれば、世界は平和になるのでは……？

「過去の愚かな統治を反省し、これからはただただ領地と領民のために全力を尽くしていきたい！　無論、ドルツ子爵とは和解し、今後は友好的な関係を築きながら、共に領地を発展させていく所存だ！　そうであろう、ドルツ子爵！」

「ああ！　今後は一緒に頑張っていこうではないか、フレンコ子爵！」

どうやら二人の関係も改善したようだ。

「それにしても、なぜ私はああまで貴殿のことを嫌っていたのか……今となっては理解に苦しむ。深く語り合ってみれば、私との共通点も多く、友好関係を築けそうな男だったというのに……」

「考えてみれば、儂らは同じ学校にも通う同級生だったにもかかわらず、相手のことを深く知ろうとすらしていなかったな」

「……むしろ私は貴殿に嫉妬すらしていた」

「嫉妬？」

「武術の成績が優秀な貴殿に、私は一度たりとも勝つことができなかったからな。それに、その男らしい容姿もあって、女子生徒から大いにモテていた。正直、私には羨ましかったのだ」

「わ、儂が男らしいなんて……。そ、それを言うなら、学業において儂は貴殿に手も足も出なかっただろう。それにむしろ儂の方こそ、貴殿のスマートな容姿を秘かに羨んでいたものだ」

「スマートな容姿……いや、しかし、やはり男ならば貴殿のような見た目の方が……もし私が女であったなら、間違いなく……」

「いやいや、儂が女であれば、貴殿のような男が……」

「……ドルツ子爵」

「フレンコ子爵……」

え、なに？

二人とも潤んだ瞳で、じっと見つめ合っちゃったりして……。

僕は一つ咳払いして、

「と、とにかく……二人とも頑張ってください。何かあれば僕もできるだけ協力しますから」

すると二人そろって、なぜか再び土下座をしてきた。

「お願いだ！」

「ルーク様のお力で、我々の領地にもここのような素敵な街を作ってほしい！」

いきなり他力本願すぎない？

できるだけ協力するとは言ったけど……さっきの決意は何だったんだろう。

「いや、儂がどんなに頑張ったところで、この街を超える魅力的な領地を作ることなど、どう考えても不可能だ。それは実際に住んでみて嫌と言うほど理解できた。領民が出ていくのも当然で、近いうちに人がいなくなってしまうだろう」

「それは我がフレンコ領においても同様だ。しかし噂では、ルーク様はアルベイル領の北郡にもここに匹敵する新たな街を作ってしまったと聞く。もし我らの領内にも同様の街があれば、どうにか領民の流出を防ぐことができるだろう」

新しい街を作ったというより、作り替えたって言った方が正しいけどね。

「むしろルーク様の領地にしてもらっても構わぬくらいだ」

「本当にさっきの決意は何だったの!?」

「結果的に領地が良くなるならば、領主の座など惜しくもない」

「ドルツ子爵の言う通りだ」

二人とも完全に無私の領域に到達してしまっている……。

「それは僕が困るので遠慮します……」

いきなり二つの領地を統治する領主になんてなったら、さすがに父上も黙っていないだろう。

アルベイル領の北郡のことだって、秘密裏にやったことだし。

「でも、街を作り替えたりするくらいならいいですよ。ただ、条件がありますけど」

「条件、とは……?」

「一つはお二人の領地を村の一部に組み込ませてもらうこと。それから領民たちを村人として登録させてもらうことです。と言っても、どちらもあくまでギフト上のことなので、表面上は何も変わりませんが」

そんなこんなで、僕は新たにドルツ領とフレンコ領を村の一部に組み入れることとなった。

もちろん実際に統治するのはこれまで通り、二人の子爵だ。

僕は北郡のときと同様、施設を作ったり道路を敷いたりするだけである。

〈ドルツ領が村に加わりました〉

〈フレンコ領が村に加わりました〉

どちらも領主が許可をしてくれたためか、領地強奪を使わなくても自動的に領地が村の一部になったようだ。

北郡では領地強奪を使う必要があったのは、代官であるミシェルさんの許可だけではダメだったからだろう。

そして二つの領地の住民たちも村人になった。

〈ドルツ領民４７３９２人が村人になりました〉

〈フレンコ領民８３９０１人が村人になりました〉

「多っ！　さすが領地丸ごと……ドルツ領民だけでも、今までの倍になるくらいなのに……」

一気に十万人以上も村人が増えてしまった。

それまでせいぜい四万人くらいだったので、いきなり四倍に膨れ上がった形だ。

〈パンパカパーン！　おめでとうございます！　村人の数が１０００００人を超えましたので、村レベルが10になりました〉

〈レベルアップボーナスとして、１００００００村ポイントを獲得しました〉

〈作成できる施設が追加されました〉

〈村面積が増加しました〉

〈スキル「影武者生成」を習得しました〉


　レベルが上がったみたいだ。

　作れる施設も新しく追加されている。

保育所（１００）　老人ホーム（２００）　オフィスビル（４００）　タワーマンション（５００）
病院（１０００）

〈保育所：乳幼児を保育するための施設。安心安全。知育効果アップ〉
〈老人ホーム：高齢者の養老のための施設。ボケ防止。健康維持〉
〈オフィスビル：オフィス用のビル。10階建て。作業効率、アイデア力、商運アップ〉
〈タワーマンション：高層マンション。セキュリティ万全。地下駐車場あり〉
〈病院：入院設備のある診療施設。患者の苦痛軽減。自然治癒力アップ。医療行為の効果アップ〉

「村は今、空前の出産ブームが到来しているところだし、保育所はありがたいかも。病院も入院設備があるのが助かるよね」

そして新たなスキルも習得していた。

「影武者生成……？」

影武者って、あの影武者だよね？　僕の分身を作り出すことができるってことかな……。

〈100000ポイントを消費し、影武者を生成できます。影武者を生成しますか？　▼はい　いいえ〉

どうやら十万ポイントも必要らしい。それだけ高性能の影武者なのだろうか。

とはいえ、今ならそんなに痛いポイントではない。

僕は早速、試しに生成してみることにした。

〈影武者を生成します〉

次の瞬間、僕の影がうねうねと蠢《うごめ》きだしたと思うと、立体的な形状となり始め、やがて人型へ。

気が付くとそこには僕と瓜二つの姿をした存在が出現していた。

「ええと……これが僕の影武者？」

「そうだよ」

「うわっ、返事をした！」

「返事をするよ」

ズズズズ

どうやらこの影武者、喋《しゃべ》ることができるらしい。

「初めまして。僕はルークだよ」

「うーん、だけど、ちょっと機械っぽい話し方だね」

まるでＡＩみたい。

「僕は色んな経験を通して学習していくよ。だから色々教えて」

学習機能があるという。本当にＡＩだ。

「遠隔操作もできるよ」

「遠隔操作？　声で指示するってこと？」

「意識を僕に移すんだ」

やってみると、影武者の視点から本体の僕を見ることができるようになった。

身体を動かすこともできるし、話すこともできる。

「これはすごいね」

僕が影武者に乗り移っていると、影武者の方は喋ることができないようだ。

さらに影武者の状態でギフトを使うこともできた。

また、遠く離れた場所にいる影武者へと意識を移すことも可能だということが分かった。

「これを応用すれば、普段は遠くに影武者を置いておいて、必要なときだけ遠隔操作することができるってことか。ドルツやフレンコには影武者を行かせようかな」

第七章　影武者と宮殿

影武者は非常に便利だった。

僕自身は村にいたままで、遠くにいる影武者を操って色んなことができる。

高速移動が可能な道路があるとはいえ、村の範囲が広くなった今、各地にわざわざ出向くのは大変だからね。

あらかじめ影武者を置いておけば、必要なときすぐに動かすことが可能だ。

とはいえ、最終的な理想としては、僕が操らなくても、ある程度は自ら判断して動いてくれるようになることだろう。

そのためには色々と学習させなければならない。

影武者同士、それぞれが経験した内容が共有されるらしいので、僕は複数の影武者を作成しておくことにした。その結果——

「あれ？　村長がなぜここに？　さっき向こうに歩いていったと思ったんだが……」

「なぁ、今日の村長、ちょっと変じゃなかったか？　なんか、受け答えが、ぎこちなかったというか……」

「ていうか、最近、村長を頻繁に見かけるんだけど……それこそ、複数いるんじゃないかってレベルで……い、いえ、そんなはずないわよね……」

「俺は確かに見た！　村長が二人いるところを！　本当だって！　顔も背格好も完全に同じだった！　もしかして村長は双子だったのか!?」

――村人たちを怖がらせてしまった。

うん、あらかじめ言っておくべきだったよね。

僕の影武者が何人かいると伝えると、村人たちは「なるほど」「そういうことか」「さすが村長」とあっさり納得してくれた。

普通はもうちょっと驚いたりするよね？

「もはや村長が増えたところで驚きませんよ」

「村長のことでいちいち驚いていたらきりがありませんから」

「ルーク様が何人も……おひとりくらい我が家にいただけませんかね？」

なんか免疫が付いてきたみたいなことを言われてしまった。

あと、影武者を欲しいという声があちこちから上がったけれど、家に置いてどうするんだろう……。

「(ルーク様の影武者!?　ほ、欲しい……っ！　これはもう、こっそり拉致するしか……ハァハァ……）」

ミリアが鼻息を荒くしている。

何だろう……影武者はミリアに近づけない方がいい気がする……。

もしミリアを見かけたら距離を取るように言い聞かせておこう。

影武者たちには、学習のため基本的に自由行動させることにした。

村人たちから要望を受けたり、気になることがあったりしたら、僕に連絡するようにと命じてある。サテンの念話のように、影武者とは遠距離でも会話することが可能なのだ。

ちなみに影武者の居場所はマップを見れば簡単に分かる。

星印になっているので非常に分かりやすい。

「判断に困ったときは僕に訊《き》いてね」

「「分かった」」


『判断に困ることがあったんだけど』

影武者から早速そんな連絡がきた。

「どんな内容？」

「村のご婦人たちからのお願いに、応じるべきか、断るべきか、分からなくて」

「お願いって、具体的には？　いや、直接聞いた方がいいかな。意識をそっちに移すよ」

そうして安易に影武者に意識を移したのが間違いだった。

あらかじめその影武者の居場所をマップで見ておけば、こんな過ちを犯すことはなかったはずなのに……。

「……へ？」

影武者の視点へと切り替わった瞬間、目に飛び込んできたのは肌色の空間だった。周囲には暖かい湯気が充満していて、少し視界が白くなっている。

こんな場所はあれしかない。公衆浴場だ。しかも男湯ではなく――

「村長、お背中をお流ししますね」

「いいえ、私が流してあげるのよ」

「抜け駆けはダメですわよ。村長のお背中はあたしが流しますわ」

目の前でそんなやり取りをしているのは、半身こそお湯に浸かって見えないものの、一糸纏わぬ姿をした村のご婦人たちだ。

「ぶふぅっ!?」

何で僕、女湯に入ってるのさ!?

よく見たら僕（影武者）も裸で、ご婦人たちに囲まれながら湯船に浸かっていた。

『誰に背中を流してもらうべきか、判断に困ってたんだ。特定の誰かを選んでしまうのはやめた方がいいよね？』

それ以前の問題だから！　そもそも僕は女湯になんて入らないの！

『えっ？　村長なら女湯に入っても大丈夫だって言われたんだけど……』

大丈夫なわけないでしょ！

「せっかくだからみんなで流すのはどう？」

「それは妙案だわ」

「って、あら？　村長は……？」

僕は湯船から逃げ出していた。

「いたわ！」

「まぁ、なんて可愛らしいお尻！」

「お待ちくださいな！」

「待つわけがないよ！　あとお尻見ないで！」

僕は地下道を作ると、階段を駆け下りてそこから女湯を脱出したのだった。

まだまだ影武者の教育が必要みたいだ……。

空前の出産ブームは今も続いている。村の人口増加ペースを考えたら、むしろこれからが本番だろう。

それに対応するために、１０００ポイントを消費して病院を作った。

〈病院：入院設備のある診療施設。患者の苦痛軽減。自然治癒力アップ。医療行為の効果アップ〉

普通の病気や怪我なんかはポーションでもすぐに治るので、病院の大半が産婦人科だ。

しかも出産に伴う様々な症状や苦痛を大幅に和らげてくれるとあって、妊婦さんたちから大いに喜ばれたのだった。

そのうち保育所もたくさん必要になりそうだね。

「そそそ、村長！　たたた、大変っす！　大変っすよ！」

そんなある日、大慌てで僕のところへ飛んできたのは、元盗賊の下っ端、バールだった。

ずっと牢屋に入っていた彼も、今は村の一衛兵として働いている。

人に危害を加える可能性がないと判断したためだけれど、おばあちゃんをも当惑させたあの変態性がなくなったわけじゃない。

『俺はもう悪いことなんてしないっすよ！　するよりされたいっすから！　ぐひっ！』

とか言ってるし。

一応、更生施設にも入れたんだけどなぁ……どうやら万能と思えた更生施設でも、性癖だけは治らないようだ。

そんな彼が何の用だろうか。

「どうしたの？」

「ば、ババアが！　ネマのババアが……っ！」

「お、おばあちゃんがっ……？」

ネマというのは、推奨労働が拷問官のおばあちゃんだ。

今ではもっと高齢の村人が増えたけれど、以前は村の最年長だった。

バールのこの慌てぶり。もしかして、おばあちゃんの身に何かあったのだろうか。

年齢を感じさせないくらい元気なおばあちゃんだけれど、それでもこの世界ではもうそれなりの高齢だ。

不安な気持ちが押し寄せていると、バールは言った。


「ババアが妊娠したっす！！！！」


「……は？」

一瞬、何を言われたのか分からなかった。

だっておばあちゃんはすでに六十を超えている。

前世の科学技術であっても妊娠することは難しいだろう。

いや、でも、この世界の人たちなら不可能ではないのか……？

栄養不足なんかで寿命は前世より短い傾向があるけれど、この村だと食べ物も医療も充実しているし。

　だけどそれ以上に僕を驚かせたのは、

「……ねぇ、バール……やっぱり、君を外に出すべきじゃなかったみたいだね……」

「へ？」

「幾らなんでも、それは擁護できないよ……まさか、おばあちゃんに手を出すなんて……」

「いやいやいや、俺じゃないっすよ!?　何で俺がババアを妊娠させたことになってるっすか！　ババアが妊娠したのは普通にジジイとヤったからっすよ！」

「あ、そっか」

　あのおばあちゃん、旦那さんがいるんだった。

「え？　でも、旦那さんはもう七十近かったような……」

「驚きっすよね！　一体どうやって勃《た》ったんすかね！　二つの意味で！」

「直截《ちょくせつ》的な表現はやめてよ！」

　そんなわけでバールに連れられ、おばあちゃんのところへ。

　現在はマンションの一室で、旦那さんと二人で暮らしている。

「おばあちゃん、妊娠したって聞いたけど……」

「そうなんだよ！」

「あ、おじいちゃん」

とても嬉しそうに旦那さんが出迎えてくれた。

遅れておばあちゃんが姿を見せる。

「何だい、村長。忙しいんだから、わざわざ来てくれなくてもいいのに」

「本当に妊娠したの？」

「そうみたいだねぇ。少し身体の調子が変だなとは思ってたけど、まさかこの歳で妊娠とは思わなくて、お腹が膨らんでくるまで分からなかったよ」

よく見ると確かに少しお腹が膨らんでいるようだ。

ちなみに二人にはすでに三人の子供がいるらしい。

三人とも実家を離れてどこかを旅しているそうで、この村にはいなかった。

「なぁ、ジジイ、どうやって妊娠させたっすか？」

「ちょっ、バール……」

こいつって本当に無神経なやつだよね。

「村の地下にあるホテルの噂を聞いての。ばあさんを必死に説得して、そこで久しぶりに……。そうそう、エルフが作ったフルボッキポーションもびっくりするぐらい効いたのう。まさかこの歳になって、五回戦までいけるとは思わんかったわい」

「まったく、あのときのあんた、まるで獣みたいだったね」

……その後、おばあちゃん妊娠の話を聞いた村の高齢夫婦たちの間で、妊活が盛んになったとかならないとか。

「ルーク様。そろそろ城を建ててみてはいかがでしょうか」

ある日そんな提案をしてきたのは、北郡の元代官であるダントさんだった。

「え？　城？」

「はい。現在ルーク様が住まわれている屋敷も大変立派なものですが、周辺に大きな建物が幾つも作られた今、相対的に見ると少々心許《こころもと》ないものとなっています」

「うーん、そうは言っても、広さ的にはこれで十分だけどね」

確かにダントさんが言う通り、巨大なマンションやビルなんかが増えてきた中、僕の屋敷が随分とこぢんまりして見えるようになってしまっていた。

ただ、たまに客人を泊めることはあっても、普段は僕とミリア、セレンの三人だけなので、これでもむしろ広すぎて寂しいくらいだ。……最近は影武者もいるけど。

「しかし今後、さらに村が発展していけば、より大人数で政務を分担していく必要が出てくるでしょう。そうなるとこの屋敷で、というわけにはいかなくなると思います」

どうやら城の建設を勧めてくるのは、単に居住面を考えてのことだけではないようだ。

「でも、これ以上発展するかなぁ？」

正直もうこれで十分過ぎるくらいだし、さすがにそんなに大きくならないと思うよ。

ちなみに現状、村の政治に関しては次のようにざっくり担当者を決めてある。


他の都市や領地などとの外交に関すること……ダントさん。

村人たちの生活に関すること……ベルリットさん。

村の産業や商業に関すること……ブルックリさん。

村の治安維持や周辺警備に関すること……サテン。


ちなみにブルックリさんは元々、北郡でも有数の商会に勤める商人だった人だ。創業者一族で副会長だったのだけれど、現在は退任し、この村のために働いてくれている。

基本的には彼らを信頼して、普段は各々の判断に任せていた。ぶっちゃけ僕なんて、どの分野もほとんど門外漢だし。

「それに今回のドルツ子爵やフレンコ子爵のように、今後は要人を迎えることも増えていくでしょう。そのときにやはり城でなければ失礼になるかと」

「増えてほしくはないけどね……」

そもそも僕は領主でも代官でもない、ただの村長。

そしてここはあくまで村だ。

「……貴族の来訪を想定すること自体がおかしい気がする」

「そのドルツ子爵やフレンコ子爵も、ルーク様に相応《ふさわ》しい城を早急に建てるべきだと主張してきているんですよ。ついでにリーゼンのミシェル代官も」

今回の意見はダントさんだけのものではないらしい。

「うーん、そこまで言うなら……」

説得されて、僕は城を作ることにした。

というか、ギフトのリストに「宮殿」があったっけ。

「なら城じゃなくて、宮殿でも構わないよね。……城と宮殿って何が違うんだろう？」

ともかく作ってみることにした。

必要なポイントは５００なので、それほど多くはない。

しかも現在の家屋・大からグレードアップするなら、差分の３００ポイントでよかった。

「ええと、まずは十分なスペースを確保して、と」

周囲の建物を動かしたりして、宮殿のためのスペースを設ける。

家屋・大の三倍もあれば十分だろう。

「ルーク様の初めてのお城です。せっかくですし、もっと広い方がよいのではありませんか？」

「そうね。これじゃ、私の実家よりも小さいわ」

「いやいや、これくらいで十分だよ。むしろ伯爵家のお城より大きかったらおかしいじゃん」

ミリアとセレンの提案を僕は突っ撥《ぱ》ねる。

さすがにそこらの領主より立派な城を作るわけにはいかないだろう。

何度も言うけど、ここはただの村なのだ。

〈村ポイントを３００消費し、家屋・大を宮殿にグレードアップしますか？　▼はい　いいえ〉

「はい」を選択すると、これまで住んでいた家屋・大が動き出し、巨大化していった。

もちろん確保したスペースのところで巨大化は止まる――はずが、そのまま上へ上へと建物が伸びていく。

「え？　そっちに大きくなるの？」

やがて現れたのは、高層ビルのように聳《そび》え立つ宮殿だった。

僕の想定としては、確保したスペースまでで拡大が止まり、せいぜい男爵家や代官が住むくらいの規模になるはずだった。

だけど横に広がらない代わりに縦方向へと伸び続け、目の前に現れたのは、高さ百メートルほど、階数で言うと三十階建てくらいの高層建造物である。

「あれ……これもしかして、アルベイルのお城よりも大きいんじゃ……」

敷地面積こそ大きく劣るものの、高さは遥かに凌駕《りょうが》しているだろう。横に広いより高さがあるほど大きく見えることもあって、アルベイル城よりも立派に見えてしまう。

しかも外壁が白く輝いていたり、見事な装飾が随所に施されていたりと、外観の美しさはアルベイル城の比じゃない。

まぁ、あれはそもそも防衛力を重視して作られた武骨なお城だけれど。

ていうか、下手すると王宮よりも……う、うん、考えないようにしよう。

「さすがルーク様です！　王宮に勝るとも劣らない素晴らしいお城ですよ！」

言わないで！

せっかく考えないようにしたんだから！

「どうせなら周辺も広い庭園にしちゃわない？　それに城壁も欲しいわね。中がどうなってるか分からないけど、このままだと防衛面で少し難がありそうだもの」

「そんなことしたら、ますます誤魔化せなくなっちゃうでしょ！」

セレンの案を却下し、ひとまず中がどうなっているか確かめるため宮殿内へ。

ちょっとした集会を開けそうなほどのエントランスが出迎えてくれた。

一階と二階が吹き抜けになっていて、二つの巨大な階段がシンメトリーになって二階へと続いている。

「エレベーターも付いてる」

「エレベーター？　何それ？」

「初めて聞きましたね」

「そっか、二人は使ったことないんだっけ」

もちろんこの世界にエレベーターなんてものはまだないけれど、村ではホテルやオフィスビル、病院なんかにはすでにエレベーターが付いていた。

これくらいの高層の建物だと、やっぱりエレベーターが必須だよね。

各扉の脇に『↑』と『↓』のボタンがあった。

一階に『↓』があるってことは、この宮殿どうやら地下もあるらしい。

ひとまず『↑』のボタンを押してみると、すぐに扉が開く。

「自動で開いたわ!?」

「魔道具の類《たぐい》でしょうか」

「この箱の中に入ってボタンを押すと、行きたい階に連れて行ってくれるんだ」

ボタンを確認してみると、地下一階から地上三十階まであった。

これはすべてを見て回るだけでもかなり時間がかかりそうだ。

それから宮殿内をざっくり探索した結果、大よその内部構造が分かった。

下層は主に宿泊施設。どれも小さめの部屋なので、恐らく宮殿に勤める役人や衛士などが泊まれるようになっているのだろう。

中層はオフィスビルのようになっていて、どうやら文官たちの仕事場として使うことを想定しているらしい。

上層には広めの部屋が幾つもあり、何かの集会を開いたり、あるいは領主であれば謁見の間として利用したりできそうだ。

そして最上層は広々とした居住用の部屋で構成されていた。

レストランにできそうな厨房付きのスペースもあって、領主や高官がここで生活できるようになっているのだろう。

そんな中でも、最上階は高級ホテルのスイートルームもびっくりの部屋となっていた。

一つの階を丸々使うという贅沢《ぜいたく》ぶりで、ここだけで広さは前の家屋・大に匹敵している。

もちろん内装も華やかで、家具や調度品もいかにも高級なものばかり。

空中庭園のようなルーフバルコニーには、プールや露天風呂まであった。

何より僕たちを圧倒したのは、そこからの眺めだ。

「凄い！　村を一望できるわ！」

「これは素晴らしい展望ですね」

現在この村で最も高い建物がこの宮殿なので、村全体を見下ろすことができた。

地上を見てみると、突然現れたこの高層建築物を見上げながら、唖然と立ち尽くしている村人たちの姿があった。

「ええと……もしかして僕たち、今日からここで暮らすの？」

「もちろんそうでしょ？」

「他にいないかと」

こんなの、もはや王様だ。

僕、村長なんだけど……。

「王様に怒られたりしないよね？」

◇◇◇

王宮は未曽有の大混乱の最中にあった。

そのきっかけはもちろん、王家からの使者に対し、アルベイル侯爵が宣戦布告とも取れる言動をしたことだ。

それにより、王宮内は真っ二つに分断した。

侯爵の勢力は今や国内最大と化しており、対立するのは得策ではない。下手に出てでも、どうにか落としどころを探るべきだと主張する勢力。

侯爵の態度は言語道断で、到底、許されざるもの。すぐさま相応の対応をするべきであり、武力衝突も辞さない、むしろ今こそ国中が力を合わせ、アルベイルを排除するときだと考える勢力。

王宮内の両勢力が、王家を巻き込んで激しく対立し、もはや対アルベイル以前の緊迫した状況となっていた。

しかしそれがある事件を経て一変する。

好戦派の急先鋒であった宮廷貴族たちが次々と何者かの襲撃を受け、殺害されたのだ。

犯人はアルベイル侯爵の手の者だろうと推測されたが、これが好戦派を大いに怯《ひる》ませることとなった。

好戦派と言っても、所詮は宮廷でぬくぬくと育った貴族たちだ。自分たちの命が直接危うくなったことで、あっさり怖気《おじけ》づいてしまったのである。

さらにアルベイルの排除を断念せざるを得なくなる大きな理由があった。

それは第三勢力である、カイオンとタリスターの両公爵家の反応が芳しくなかったことだ。

両公爵家の協力無くして、アルベイルに勝つことはできない。

その結果、もはや戦いでこの新興勢力を打破する道は閉ざされてしまった。

こうして王宮内の考えは、次第に「いかに現在の権力構造を維持しつつ、アルベイル侯爵の要求に応えるか」という方向へと傾いていく。

そして主だった宮廷貴族たちが熟考を重ねた結果、ある結論へと至ったのだった。

「陛下、畏《おそ》れながら申し上げます。今やアルベイル侯爵の勢力は我らを大いに上回っております。従って、その要求を拒絶することは難しく、応じる以外に道はございません。しかし、侯爵が求めているのは、この国の王位。当然ながら、長きにわたって王家が護ってきた尊き玉座を、卑しき者に渡すわけにはまいりませぬ」

「……」

重々しい口調で語る宰相の言葉を、玉座に座るこの国の王、ダリオス十三世は神妙な顔で静かに聞いていた。

まだ若いということもあるが、ここ数代の国王たちがそろって過度な肥満体だった中にあって、珍しくスマートな体型をした王だ。

むしろ謁見の間に居並ぶ宮廷貴族の方がぶくぶくと太っており、いかにも腐敗し切ったこの国を象徴している。

「そこで、我々が提案したいのは……」

宰相の視線がちらりと、ダリオス十三世の傍《そば》に控える少女の方を向く。

彼女はこの国の第一王女。

豪華絢爛《けんらん》な王宮内にあって、なお輝くような美貌の持ち主で、国内外からの求婚の話が絶えない、ダリオス十三世の自慢の娘だった。

まだ数年前に祝福の儀を受けたばかりの彼女だが、家臣がこれから告げようとしていることを察したのか、僅かに身体を強張らせる。

「ダリネア王女殿下に王位を継いでいただき、アルベイル侯爵を王婿《おうせい》として王宮に迎えるのです。

そうすれば、アルベイル侯爵の要求に最大限応えつつ、王家の血を次世代に繋ぐことができるでしょう」

臣下たちからの奏上を受けた後、私室へと戻ったダリオス十三世は頭を悩ませていた。

「娘はまだ若い。アルベイル侯爵が王婿となれば、実質的には王宮の全権力を握ってしまうことになるだろう。そうなれば、好戦的な奴のことだ。次は他国の侵略に乗り出すに違いない。きっと今よりも多くの血が流れてしまう。そんなこと絶対にあってはならぬ。だが……余が幾ら反対しようとも、もはや意見が覆ることはないだろう……」

「どうしたものか……」

彼は形だけの王だった。

政治を取り仕切っているのは宮廷貴族たちで、介入することはほとんどできない。

先ほどの王に最終判断を仰ぐようなやり取りも、結局のところただのパフォーマンスに過ぎず、たとえ王が突っ撥ねたところで、貴族たちがその案を取り下げることはないだろう。

そもそも王位の任命権が、宮廷貴族たちにあるのだ。

彼らの意に沿わぬ王であった場合、最終的には現王を廃して、別の王を立てることが可能なのである。

王の権威が骨抜きとなっているのは、歴代の王たちにも大いに責任があった。

愚かな王が何年もその座に居座り続け、国が荒れるという事態が繰り返されたため、貴族たちによって王の首を挿《す》げ替えることができるよう、法が改正されたのだ。

しかしそれが宮廷貴族の権力を大いに高め、現在の腐敗を生み出してしまう。

たとえダリオス十三世のように、王として相応しい器を持つ人物が現れたとしても、この国を正しく導くことが難しくなってしまったのである。

「陛下、ご報告が」

そんなダリオス十三世の元へ、とある報告がもたらされる。

「アルベイル領に潜り込ませていた間者からです」

それが彼に起死回生の一手を授けてくれたのだった。

◇◇◇

「ダリネア……まだ若いお前に、この国の命運を託さねばならぬとは……無力な王である余を、どうか許してくれ……」

「お父様、ご心配なさらないでくださいまし。あたくしは必ず、やり遂げてみせますわ」

これが父との今生の別れとなるかもしれない。

それを知りながらも、ダリネアは気丈に振舞い、力強く誓った。

王女として常に煌《きら》びやかな衣服でその身を着飾っていた彼女だが、今は見すぼらしい旅人の恰好をしている。

とはいえ、そこは絶世の美少女、やはりそのオーラを完全には隠し切れていない。

これから隠密の旅をするのに、そんな美少女が一人では危険極まりないだろう。万一盗賊にでも捕まったとしたら、どんな目に遭うことか。

だが大人数の護衛を付けるわけにもいかない。

結果、お供を任されたのはたった一人の女戦士だった。

「マリーシャ、ダリネアのこと、くれぐれも頼むぞ」

「はっ、お任せくださいませ」

マリーシャと呼ばれたその女戦士は、女ながら近衛《このえ》兵《へい》に抜擢された確かな実力を持つ。

加えて王家への忠誠心も高く、出自的にも問題がない。まさにこの任務に打ってつけの人物だった。

「ダリネア殿下。ここからは正体を隠すため、我々は姉妹であるという設定でいきましょう。失礼ですが、敬語はやめさせていただきます。さすがに私が妹というのは無理がありますので」

「分かりましたわ、マリーシャ姉さま」

「念のため名前も変えましょう。私はリアとお呼びします」

「では、あたくしはリシャ姉さまとお呼びしますわ」

「……よし、では出発するぞ、リア」

「はい、リシャ姉さま」

こうして密かに王宮を離れた王女ダリネアは、慣れない旅に悪戦苦闘しつつも文句ひとつ口にせず、粛々と北東へと進んでいく。

北東――そう、アルベイル領だ。

やがて長い旅の末、彼女はその地の目前まで辿り着いた。

「明日にはいよいよアルベイル領ですわね、リシャ姉さま」

自ら敵地へと乗り込むと言っても過言ではないこの強硬策に、覚悟を決めて王宮を発《た》ったダリネアもさすがに緊張の面持ちを隠せない。

もしアルベイル側に正体がバレてしまったら、ここまで旅をしてきた意味も、ダリオス王の計略も、すべてが水の泡となってしまうのだ。

「そう恐れる必要はないぞ、リア。アルベイル侯爵は今、旧シュネガー領にいる。しかもその意識は完全に王宮の方へ向いているだろう。灯台下暗しではないが、かえって敵の目には付き辛いはずだ」

「た、確かにそうですわね。……それにしても、本当にここにお父様が言う起死回生の方法があるのでしょうか？」

「詳しいことは私も知らされていないが……信じるしかない。まずはリーゼンという都市に行けば、きっとそれが何なのか分かるはず」

そしてアルベイル領に入った彼女たちは、さらにそこから大きく北上。

その都市が見えてきた。

「あれが都市リーゼン……なんと立派な城壁なのだ」

「ほ、本当ですわ。領都でもないというのに……さすがはアルベイルですわね」

街の中へ入った二人は、さらに驚くこととなった。

「なんて綺麗な街ですの……」

「古い都市だと聞いていたのだが……？」

建物も道路も、まるでつい最近作られたような真新しさなのだ。

加えて、まったくゴミが落ちていない。

「王都でも街中を歩けば、ゴミや犬猫の死骸、それに糞尿《ふんにょう》があちこちに転がっているというのに……」

「道行く人々も清潔で、凄く健康的に見えますわ」

「見たところ身に着けている衣服は平凡なもの……あれで一般的な住民だというのか……？」

それに街は活気に満ちていた。

経済的に潤っているためか、王都では当たり前の浮浪者の姿もない。

「一体この街はどうなっているのだ？」

「もしアルベイル侯爵がこのような街を作っているのだとすれば、優れた領主と言えるのかもしれませんわね……」

「しかし、無類の戦好きという話は有名だが……領地経営にも長けているなどという話は聞いたことがないぞ……？」

当惑しながらも、二人は指定された場所へと向かう。

そこで彼女たちを待ち受けていたのは――

第八章　王の策略

「なるほど、あれがルーク村長の新しい住居か。高くて素晴らしいと思う」

「やっぱりうちの村長はあれくらいが相応しいですよね」

「すごーい！　ねぇ、パパ、上ってみたいよー」

「なんと行けるみたいだぞ。上の方に展望台があるらしい」

いきなり現れた高層建築物。最初はそれに驚いた村人たちだったけれど、すぐに「ああ、また村長か」と納得してくれたようだった。

それどころか大好評で、連日のように見学に来る人たちでごった返していた。

せっかくなので、上層の階の一部を展望台へとカスタマイズし、一般客でも入れるようにしておいた。

そのために直通のエレベーターも作ってある。

「そう言えば王宮の、一番高い尖塔《せんとう》部分でも五十メートルくらいらしいね。……うん、王様がこれを見たら絶対に怒られる」

幸い王様がこの村に来ることはないだろうけれど、もしかしたらその耳に入るかもしれない。

怒って攻めてきたりして。

「ご心配には及びませんよ、ルーク様。王家と言え、アルベイル領内に手を出すことは不可能でしょうから」

「代わりに父上が怒るかも」

「今は忙しくて領内のことどころじゃないでしょ」

噂によると、シュネガー家との戦いに勝利した父上は、いよいよ国《くに》盗《と》りへと動き出したらしい。

このままだと国全体を巻き込んだ大戦争が勃発するかもしれないという。

「しかしアルベイルの現勢力は、もはや他勢力が総集結したところで敵《かな》わぬほどにまで拡大している。中堅領主たちも次々とアルベイルへの屈服を表明しているというし、戦わずして王家が降伏する可能性も高いと思う」

と、分析を口にするのはセリウス君だ。

もしそうなったら、近いうちに父上がこの国の支配者になっちゃうってことか……。

父上の力なら、今の混乱した国を再び一つにすることができるかもしれない。

ただ、それだけで終わりそうにないのがなぁ。

「いずれにしてもしばらくは忙しそうだね。できればずっとこの荒野には目を向けないでほしいな」

今のところ何も言ってこないので、ちゃんとラウルが約束を守ってこの村のことを報告せずにいてくれているのだろう。

とはいえ村の噂は広がり続けているそうだし、いつ父上の耳に入ってしまうか分からないけれど。

そんなことを話していると、サテンから念話があった。

『ルーク様、リーゼンの代官が村にやってきました』

「ミシェルさんが？　使者とかじゃなくて？」

『本人です』

「何の用だろう？」

ダントさんに代わって北郡の代官となったミシェルさんは、当然ながらかなり忙しい。

わざわざ本人が出向いてくるなんて、何かあったのだろうか。一応リーゼンには影武者を置いているのだけれど、そこからは何の連絡も受けていないんだよね。

ともかく僕は、応接の間へミシェルさんを通すようにと伝えた。

「……お久しぶりです、ルーク様。少し見ないうちに、またとんでもないものを作られましたねぇ……」

「あ、はい。宮殿を作ってみたら、思いのほか高層になっちゃいまして」

「はは……相変わらずですねぇ」

苦笑いするミシェルさんは、二人の付き人を連れていた。

頭にフードを被《かぶ》っていて、よく顔が見えないけど、体つきから二人とも女性みたいだ。

護衛という感じではないけど……。

「それで、今日はどうされたんですか？」

「実はですねー、ルーク様に紹介したい方がおりまして」

「紹介、ですか？」

そこで付き人の一人が、身に纏っていたフード付きのローブを脱ぐ。

現れたのは、まるで絵画の中から飛び出してきたかのように美しい女性だった。

全身から漂う言い知れない気品と相まって、ひとかどの身分であるということが一瞬で理解できてしまう。

どこかの領主のご令嬢だろうか。

でも何のためにこんな荒野の村に？

「あなたがこの都市を作られたという、ルーク＝アルベイル様ですわね。事前に話は聞いていましたが、まさかこんなにもお若いなんて……」

「ええと……あなたは一体……？」

「申し遅れましたわ。あたくしは国王ダリオス十三世の第一王女、ダリネアですの」

「……へ？」

や、やっぱり王家の人が怒って乗り込んできたあああああっ!?

◇　◇　◇

時間は少し遡る。

「お待ちしておりました。あ、いえいえ、私はただの案内人でございますよ。申し訳ありませんが、ここから少しだけ移動していただくことになります」

指定場所へと着いた、ダリネア王女と護衛のマリーシャ。

そこで待っていた人物に連れられ、やってきたのは代官の居城だった。

「これは代官の城では……？　なるほど、では、ここに諜者《ちょうじゃ》が……」

「こちらからどうぞ。ええ、さすがに目立つ正面口から入っていただくわけにはまいりませんので」

訝《いぶか》しみながらも、二人は裏口から中に入り、応接室へと通された。

「あっ、どうもどうも。遠路はるばる、よくぞお越しいただきました、王女殿下」

部屋で待っていた男が立ち上がり、頭を下げてくる。

「私が代官のミシェルです。以後、よろしくお願いしますね」

「「代官!?」」

予想外の人物に、二人は咄嗟《とっさ》に身構えた。

「って、あれ？　警戒されてます？」

「……なぜアルベイル侯爵の代官が……まさか、敵に我々のことがバレて……」

ダリネア王女を護るように立ち、マリーシャが鋭く睨《にら》みつける。

領主の代理として都市などを治めているのが代官だ。

アルベイル侯爵の息がかかった者である可能性が高く、警戒するのは当然のことだった。

「ははは、驚かれるのも無理はありません。ですが、ご心配なく。私は正真正銘、殿下の味方ですよ。アルベイルの片田舎出身ということにしていますが、本当は殿下の母君の家に連なる者でして、国王陛下の命を受けて十年以上も前から、ここアルベイルへ潜入していたのです。まさか代官にまで取り立てられるとは思ってもいませんでしたけれどね」

「お母様の……？」

少し警戒を解くダリネア王女に、ミシェルと名乗った代官は、故郷に関することを幾つか語ってみせた。

それは幼い頃に彼が、確かにその地域に住んでいたと確信させるほど細やかな内容で、

「あたくしも何度か遊びに行ったことがあるから、よく分かりますわ。とても風光明媚《めいび》で、いいところですの」

「信じていただけたようで何よりです。それにしても、さすが聡明な陛下の姫君ですね。ご理解が早くて助かります」

国王ダリオス十三世は、世が世であったなら、多大な偉業を成し遂げる賢王になっていたかもしれない。

早くからアルベイルの危険性を認識し、間者を潜入させていたことからもその片鱗《へんりん》がうかがえる。

「もしものときの手札とするため、我々のような人間をあらかじめ送り込んでおいたのでしょう。無論、私も他の間者がどこにいるかまったく知りませんが」

「さすがお父様ですわ」

そしてはやる気持ちを抑えながら、ダリネアは恐る恐る問う。

「それで、この状況を覆す起死回生の一手というのは……」


「こ、こんな場所に、これほどの都市が……」

「驚きですよねぇ。しかもこれ、ほんの一年半前は、ただの荒野だったらしいです」

「そんな短期間に!?」

ミシェルに連れられ、リーゼンの街からさらに北へ。

そこに広がる荒野でダリネア王女を待っていたのは、王都に勝るとも劣らない大都市だった。

「そんな真似《まね》ができる人物が、本当にアルベイル侯爵と対立しているというのですか……？」

「対立、というとちょっと語弊がありますが、祝福の儀の直後に何もなかったこの荒野へ追放されてしまったのは間違いありません」

「アルベイル侯爵が、そんな愚かなことを……」

「はは、確かにそれこそがアルベイル侯爵にとって、人生最大のミスと言っても過言ではないでしょうねー。もっとも、その時点でこの未来を想定するなんて、神でもなければ不可能だと思いますが」

そして街の中心に聳え立っていたのは、高さ百メートルはあろうかという巨大な建造物だ。

「……ど、どうやら、これが現在の村長宅のようです」

「村長宅……普通に王宮を超えてますわ……」

また少し見ないうちにとんでもないものを作ったなという顔をしつつ、ミシェルは言う。

「ルーク＝アルベイル様。彼こそが、私が陛下に進言させていただいた起死回生の一手。要するに、対アルベイル侯爵の最終兵器です」

◇　◇　◇

「申し遅れましたわ。あたくしは国王ダリオス十三世の第一王女、ダリネアですの」

王家の人が来たんだけど!?

「あ、え、ええと……僕、いや、私はルーク＝アルベイル。この村の村長です」

王宮より立派な宮殿を作っちゃったから、抗議しに来たのかもしれない。まさかこんなに早く見つかるなんて。

「それにしても大変驚きましたわ。こんな高層のお城、あたくし、初めて見ましたの」

やっぱりそうだ！

遠回しな表現だけど、絶対怒ってるよ、これ！

「内装もとても美しく、手の込んだ造りですわね。これほどのものを作るなんて、今はもう王家でも難しいですわ」

「ももも、申し訳ありませんでしたあああああああっ！」

「……え？　な、なぜ謝られるんですの？」

「あれ？」

慌てて謝ったんだけど、不思議そうな顔をされてしまった。

もしかして怒ってるわけじゃない……？

「あ、いえ、こんな宮殿を作っちゃったことを咎《とが》めにいらっしゃったのかと」

「違いますわ。むしろ感動しているくらいですの」

「そ、そうなんですね」

よかった、どうやら怒ってはいないらしい。

でも、それなら何のために来たんだろう？

王都からこの村まで、かなりの距離がある。王女様がわざわざ赴くなんて、よっぽどの理由がないとあり得ないはずだ。

しかも考えてみたら、今はまさに王家がアルベイルによって打倒されようとしている最中。

そんなときに王女様が、アルベイル家当主の息子である僕のところに来るなんて……。

いや、ミシェルさんと一緒にいるのだから、僕がアルベイルからほぼ離反した状態にあるのは知ってるのかな？

ていうか、何で代官であるミシェルさんが王女様と……？

「ルーク様。お願いがあるのですわ」

「お願い……？」

……何だろう。

物凄く嫌な予感がしてきた。今すぐ回れ右して部屋を出ていきたい気持ちになる僕へ、王女様はとんでもないことを口にしたのだった。

「アルベイル侯爵を打倒するため、あなた様の力を貸していただきたいのですわ！」

「何でそうなるの!?」

思わず敬語も忘れて叫んでしまう。

「いやいや、僕も一応、アルベイルの人間だって知ってるでしょ？」

「ですが、祝福の儀の直後に追放され、当主のアルベイル侯爵とは敵対関係にあると聞いていますわ」

　仲が良くないのは確かだけど、別に敵対関係ってほどじゃない。たぶん。

「もはや王宮はごく一部を除いて、アルベイル侯爵に屈する方向で話が進んでいますし、このままではこの国をアルベイル侯爵が完全に支配してしまうことになりますわ」

　王女様は切実な顔で訴えてくる。

　詳しく訊いてみると、実際には王女様が新たな王となり、その婿《むこ》としてアルベイル侯爵を王宮に迎え入れるつもりらしい。

　ただ、実質的な権力をアルベイル侯爵が握ることになるのは確実で、王女様は王家の血を護るだけのお飾りの女王でしかないという。

「無論、アルベイル侯爵が正しくこの国を導いてくださるならば、それでも構いません。ですが、待っているのは恐らく力と恐怖による暴政……さらには他国の侵略に乗り出すであろうことは、侯爵のこれまでを見れば容易に推測できますわ」

　うん、まぁ、僕にもそう推測できるけど……。

「だけど、何で僕に？」

「聞けば、弟君が率いるアルベイル軍を軽々と退けたそうですわね。ルーク様であれば、アルベイル侯爵にも対抗できるのではないか。そう考えたのですわ。……そこにいるミシェルが」

いつの間にか隠れるように王女様の後ろに回っていたミシェルさんへ、僕はジト目を向けた。

「勝手なこと言ってくれると困るんですけど……だいたい、何でミシェルさんが？」

「はは、実は私、国王陛下から直々に命を受けて、アルベイル領に侵入していたスパイなんですよねー。あ、ちなみに断っても無駄ですよ。そろそろ国王陛下が、この村のことをアルベイル侯爵に話してる頃合いかと思いますので」

……マジか。

◇◇◇

「アルベイル侯爵……」

「なんという威圧感……」

「やはりこの男と戦うことを選ばずによかったな……」

配下の兵たちを引き連れ、堂々と謁見の間に入ってきたアルベイル侯爵を前に、魑魅魍魎《ちみもうりょう》のような宮廷貴族たちが圧倒されていた。

侯爵は玉座に腰かける国王ダリオス十三世の元まで歩いていくと、跪《ひざまず》くこともなく、むしろ不遜な態度で告げた。

「貴様の娘が新たな女王となり、私を王婿として迎える、か。……ふん、悪くないだろう。私は王位そのものに興味はない。この国を意のままに動かすことができるようになるならば、何でも構わん」

武力で王位を奪わんとしていたアルベイル侯爵に対し、宮廷貴族たちが提示したこの妥協案は、侯爵にとっても悪くない案だった。

もし王位を簒奪《さんだつ》した形であったなら、間違いなく各地で反乱が勃発し、国をまとめ上げるのにかなりの手間が必要になってしまう。

王家を存続させつつ、彼が王婿となるならば、そうした反発はかなり抑えられるはずだった。

無論、好戦的な侯爵にとって、力で民を押さえつけるのは容易い。

だが今後を睨むならば、できるだけ早く国内を平定させておきたかった。

「それで、王女はどこにいる？」

「……ここにはおらぬ」

「ならば早く連れてこい。一応は私の妻になる女だ。顔を見ておくべきだろう」

「ここに、というのはこの王宮に、ということだ。いや、それどころか王都にもおらぬ」

「どういうことだ？」

国王の言葉に眉を寄せたのは、アルベイル侯爵だけではなかった。

宮廷貴族たちも国王が何を言い出したのかと、ざわつき出す。

そんな中、ダリオス十三世は玉座から勢いよく立ち上がると、アルベイル侯爵を見下ろしながら不敵に笑った。

「それにしても、アルベイル侯爵ともあろう男が、まさか自らの膝元で育っていた脅威に気づかぬとはな」

「……何の話をしている？」

「ルーク＝アルベイル。お前の息子のことだ」

「ルークだと？　荒野送りにした無能が一体何だというのだ？」

「はははっ、本当に無能だというならば、二年も経たずに、ここ王都に勝る巨大都市を作り上げてしまうはずがなかろう！」

理解不能な話を高らかに語る国王に、この場にいる誰もが「錯乱してしまったのでは？」と当惑する。

しかしダリオス十三世の目には、確かな理性が感じられた。

「余の話が嘘だと思うならば、すぐに配下に調べさせればよいだろう。そして我が娘はここにはおらぬ。お前のような男を婿に迎えるなど御免だと、とっくにその荒野の都市へと避難しておるからの」

「貴様……」

やけに勝ち誇る国王を前に、面倒な真似を……と、アルベイル侯爵は唇を噛む。

このまま目の前の王を殺すのは容易いが、そうなると後が面倒だ。

恐らくはタダで権力を渡すのが癪《しゃく》で、嫌がらせとハッタリをかましてきただけだろう。

幸いその荒野はアルベイル領と目と鼻の先なので、王女を連れ戻すのは難しいことではないはずだった。

王女さえいれば、後はどうとでもなる。

「すぐにその荒野を調査させろ」

「はっ！」

「ついでに王宮内も調べろ。どこかに隠れている可能性もある。邪魔する者がいれば斬り捨てろ。相手が王族だろうと貴族だろうと構わん。すでにここは我々が占領したと思え」

「りょ、了解ですっ！」

こうして王宮はアルベイル軍に乗っ取られてしまったのだった。

◇　◇　◇

——アルベイル領・領都。

「荒野の都市？　知るか、そんなもの。一体誰がそんな荒唐無稽な話をしてやがる？」

「そ、それが、ご当主様が……。兄君のルーク様が、そこに巨大な都市を作り上げてしまったのではないかと……」

「はっ、馬鹿を言え。あいつのギフトは『村づくり』だ。巨大都市など作れるわけがないだろう」

「た、確かにそうですが……」

「気になるなら自分で調べに行けばいいだろう。少なくとも俺は知らん」

「わ、分かりました」

父であるアルベイル侯爵が寄越した調査隊を突っ撥ねたラウルは、彼らが去っていくのを見送ってから、小さく呟《つぶや》く。

「いよいよ父上に見つかったか……どうするつもりだ、兄貴？」

◇　◇　◇

「あ、アルベイル北の荒野を調査していた者たちからの報告です！」

アルベイル軍が王宮を占拠してから、およそ一週間後。

彼らの元に信じがたい報告がもたらされた。

「確かにそこに都市が存在していたとのことです！　二重の城壁に護られ、巨大な建造物が多数！　すでに人口は数万人にも上り、現在も続々と移住者が集まってきていると！」

国王の言葉が真実だったことが裏付けられたばかりか、それすらも上回る内容に、軍の幹部たちも驚愕するしかない。

「馬鹿な。あそこは確かに何もない場所だったはずだ」

「そこに二年もかけずに人口数万の都市だと？」

「一体どんな手を使えばそんな真似が……？　まさか、ルーク様にそれほどの才能があったとは……」

アルベイル侯爵はそれを、苦虫を噛み潰したような顔で聞いていた。

当然だろう、実の息子の持つ力を見抜くことができず、放逐してしまったのは彼自身なのだ。

だがここまで放置してしまっていたのは、アルベイル領をもう一人の息子に任せていたからでもある。

「ラウルの奴め、なぜ今までそれを報告しなかった」

「さ、さすがにラウル様にも、そんな荒野に都市が作られるなど、想像すらできなかったのでしょう」

家臣の一人が慌ててフォローする。

……もっとも、ラウルはとっくに知っていながら黙っていたのだが。

「それで、その都市で王女は見つかったのか？」

「は、はい」

「ならばすぐに連れ戻せ」

「それが……当人が帰還を拒んでいるだけでなく、その都市で保護されており、強引に連れ去るのは難しいとのことで……」

「ならばルークの奴にこう伝えろ！　すぐに王女を寄越さねば、私が直々に軍を率いてその都市ごと叩き潰してくれるとな！」

声を荒《あら》らげ配下に命じるアルベイル侯爵。

だがそれから数日後、返ってきたのは彼をさらに激怒させる返答で。

「今すぐアルベイル領に戻る！　私に逆らえばどうなるか、奴に分からせてやらねばな！」

王宮のことは配下に任せ、自ら領地へと舞い戻るのだった。

◇　◇　◇

「王女殿下はすでに我が都市の一員。もし彼女を連れ戻したいのなら、かかってこいやコラ――という趣旨の手紙を送っておきました。恐らく近いうちに兵を率いて攻めてくるでしょう」

「何やってんの!?」

ミシェルさんは、国王陛下がアルベイル領に送り込んだスパイだった。

そしてこの国を奪われないために考え出した最後の手段が、どうやらこの村とアルベイル軍を激突させることだったみたいだ。

なんて迷惑極まりない話だ……。

「ちょ、ちょっとお待ちなさい！　まさか、ルーク様の了承もなしに事を運んでいるんですのっ？」

「もちろんそうですよ、王女殿下。そもそも断られたら終わりですからねぇ、断りようがない状況を作っておくことが大事なのです」

「なっ……」

　どうやら王女様は詳しいやり口までは知らされていなかったらしい。

「……」

「は、はは、いやぁ、そんな目で見られると、胸が痛むというか……わ、私も当然ながら断腸の思いでして、ええ……。ただ……そもそもアルベイル侯爵とルーク様の思想は、絶対に交わることのない水と油。遅かれ早かれ、お二人は激突する運命だったと思いますよ？　いつまでもこの村の存在を侯爵に隠し続けることなどできませんしねー」

「ルーク様、本当に申し訳ありませんわ！　ですが、頼れるのはあなただけですの！　どうかお力を貸してくださいまし！」

　僕は大きく溜息を吐《つ》いた。

「はぁ……仕方ないなぁ。気は乗らないけど、もうどうしようもないわけだしね。それに僕にだってだいたい想像はつくよ。父上がこの国を支配したら、どんなことになるか」

「で、では……っ!?」

「さすがに僕の独断じゃ決められないから、みんなに相談してからね」

「はは、ルーク様が言えばあっさり賛同されるかと。それより、勝算についてはどのように考えておられますかねー？」

ミシェルさんが暢気《のんき》に訊いてくる。

殴っていいかな？

「作戦次第ってところかなぁ？　ていうか、僕は小さな村で静かに暮らしたかっただけなのに……どうしてこうなったんだろ？」

「静かに暮らしたかっただけ……？　あの出鱈目《でたらめ》なギフトで散々ヤバいことをしておいて、何かの冗談ですかねぇ？」


「お久しぶりです、父上」

「ふん、まさか本当に来るとはな。ここにきて怖くなったのか、どうやら私の言うことを聞く気になったらしい」

アルベイル領の領都にあるお城。つまり僕の実家だ。

王都から戻ってきた父上と会うために、僕はもう二度と帰ることはないと思っていたこの場所にやってきていた。

というのも、父上の使者から一度交渉のための場を設けたいとの話を受けたためだ。

いつでも兵を率いて攻め入る準備はできているが、弁明次第では許してやってもよいという、随分と上から目線のものだったけれど。

そこでこちらから会談場所を領都の城に指定し、赴くことにしたのである。

「聞けば、お前のギフトは簡単に建物を作り出すことができる力を持つようだな。僅かな期間で、あのような荒野に都市を築き上げてしまうとは。戦闘には使えぬギフトと思って見限ったが、どうやら私の判断ミスだったようだ」

「……」

「その能力は要塞などの拠点を築くのに使える。大人しく王女を渡すならば、今後は用いてやっても構わぬ。どうだ。悪い話ではないだろう」

どうだと問いかけるような言葉を口にしつつも、有無を言わさぬような威圧的な態度だ。

思わず背中がぶるりと震えてしまう中、僕は意を決して口を動かす。

「……それに答える前に、一つお聞きしたいことがあるのですが」

「聞きたいことだと？」

「はい。……父上は、もしこの国を手に入れたら、一体何をするおつもりですか？」

なぜそんなことを話さねばならないのだと不機嫌そうな顔をしながらも、父上は教えてくれた。

「まずはこの国を強化する。そのためには各領主がそれぞれ所持している軍を、一つにまとめ上げねばならぬだろう。私の号令一つで動かすことができる、最強の王国軍だ」

「……その王国軍を用いて、どうされるのでしょうか？」

「決まっている。次は他国を攻めるのだ。周辺国を悉く支配下に置き、私の代でこの王国はかつてないほどの領地を手に入れることになるだろう」

……うん、まぁ、予想通りの答えだ。

前世を持つ僕と考えが根本から違うのは仕方ない部分もあるけれど、この世界においても父上は極端な覇権主義者で、軍国主義者だと言えるだろう。

「それに何の意味があるのか、残念ながら僕には理解できません」

「なに？」

「今ある領地をよりよく治め、領民の生活を豊かにする。それが為政者のすべき最も重要なことでしょう。なぜわざわざ民に危険や犠牲を強いて、領地を拡大しようとするのか。僕にはまるで理解できないです」

「愚かな。領地の拡大こそが、為政者が果たすべき最大の責務だ。現状維持など停滞と同じ。常に拡大を志向せねばならぬ」

「……そうですか」

幾ら話したところで平行線だろう。

もし簡単に考えを改めるような人なら、そもそもたった一代でここまでアルベイル領を拡大することなんて不可能だったに違いない。

「やはり父上に協力する気にはなりません」

「協力だと？　何か勘違いしているようだな。これは命令だ。お前に選択肢などない」

「いいえ、選択肢はありますよ。僕は僕です。どうするかは僕が決めます。なんでも自分の思い通りになるなんて思わないでください」

「……どうやら教育を間違ったようだな」

「っ……」

猛烈な殺気を噴き出しながら、父上が腰に提げていた剣を抜いた。

「やはり愚かにも程がある。敵地にのこのこと乗り込んできた時点で、お前は私の言うことを聞くしかなかったのだ」

「いやいや、さすがに僕もそんな馬鹿じゃないですよ。本人が来るわけないでしょう」

「なに？」

「では、攻めてくるなら攻めてきてください。荒野で待ってますから」

訝しむ父上の顔を尻目に、僕は意識を本体へと戻す。

そう、領都で父上と話をしていたのは影武者の方なのだ。

ちなみに影武者は一定のダメージを受けると消えてしまう。

◇　◇　◇

アルベイル侯爵がルークの胴体を剣で斬り裂くと、不思議なことに砂となって身体が崩れてしまった。

「本人ではなかったのか……。それにしても、あの父上相手に、宣戦布告しちまうとは……」

安堵の息を吐くのは、物陰から密かに二人のやり取りを聞いていた人物だ。

そんな彼の脳裏を、先ほどのルークの言葉が過《よぎ》る。

――僕は僕です。どうするかは僕が決めます。

「俺は……」

◇　◇　◇

「父上と話してきたよ。ラウルのときと違って、今回は影武者を使ったから安全だったよね」

「……もはや何でもありね」

「さすがです、ルーク様」

本体に戻った僕は、セレンやミリアに父上としたやり取りを掻《か》い摘《つま》んで話した。

「ということは、いよいよ攻めてくるってことね。色々と推計してみたけれど、二万を超える大軍になるのは間違いなさそうよ」

「ラウルのときが五千くらいだったっけ」

しかも今度は百戦錬磨の父上が、自ら兵を率いてくるのだ。

一方、こちらの兵数は非戦闘員たちも掻き集めて、やっと一万といったところだろう。

村人の登録人数は十万を超えてるけど、北郡とかドルツ領、フレンコ領の人たちも含まれてるしね。

まぁ、最近は普通の村人たちも訓練場でトレーニングしてるので、そこらの兵士並みに戦えるとは思うけど。

「ドルツ子爵やフレンコ子爵に協力を仰ぐのはいかがでしょう？」

「うちの実家も脅――頼めば協力してくれるかもしれないわ」

今、脅すって言いかけなかった？

「うーん、できればこの村に住んでるみんなだけでどうにかしたいかな」

「じゃあ、また前回みたいに城壁の迷路を作るのかしら？　あれでかなりの兵力を削ることができたわよね」

「いや、今回はもっといい考えがあるんだ。攻めてくる方からしたら、物凄く嫌な戦法だけどね、ふふふ……」

「あ、きっとまた何かとんでもないことを仕出かす気ね……」

◇　◇　◇

エデル＝アルベイル侯爵が率いるアルベイル軍は、荒野の都市に向けて領都を出発した。

「ほほほ、たかだか一つの都市を落とすのに二万ですか。しかも我ら四将のうち三人も引き連れて。エデル様にしては随分と慎重ですねぇ」

「それだけ相手を脅威に感じておられるということだろう」

「……噂では……ラウル様が……五千の兵を率いて……敗北した……とか……」

「ほほほ、だから今の今まで報告がなかったわけですか」

「ふん、ラウル様もまだまだ子供だな。同じギフトを持つとはいえ、やはりエデル様ほどの器ではないか」

「……そこは……今後の……成長次第……」

そんなやり取りを交わしているのは、侯爵の側近である〝四将〟たちだ。

侯爵に忠誠を誓う彼らは、侯爵からの信頼も厚く、自らの判断で軍を動かす権限を与えられている。

しかもその各々が一騎当千の猛者だ。

戦場に出るたびに敵軍を蹂躙《じゅうりん》し、無数の武勲を上げてきた彼らは、破竹の勢いで領地を拡大してきたアルベイルの原動力となってきた。

「……」

そして二万の軍勢の中にはラウルの姿もあった。

しかし彼が率いるのは、初陣のときよりなお小さな部隊で、それも最後尾に追いやられてしまっている。

アルベイル侯爵に問い詰められ、すべて話してしまったためだ。

侯爵が最も激怒したのは、報告を怠ったことでも連絡もなく勝手に軍を率いたことでもなく、敗北を喫したことだった。

これまであらゆる戦場で勝ち続けた侯爵にとって、負けるということが何よりも許せないことらしい。

たとえ実の息子であろうと、弱ければ斬り捨てる。

『剣聖技』のギフトを保持しているラウルでも、決して安泰ではないのだ。

「（だが兵数を二万に増やしたのは、俺の話を聞いてからだ。父上も警戒しているらしい。もっとも、動く城壁の迷路に巨大な落とし穴、それにツリードラゴンだ。荒唐無稽なことばかりで、どこまで信じたのかは分からないが）」

と、そのときである。軍の前方が何やら騒がしくなってきたのは。

「ふん、やはりか……」

またあの城壁の迷路が荒野に出現したのだろう。

果たして侯爵はあれをどう攻略するのか、心なしか少し期待しつつ、ラウルは先頭から少し遅れて荒野へと至る。

そこで彼が見たものは――


「………………………………………………………………街が、ない……？」

第九章　消えた街

「そろそろ荒野に着いた頃かな？　たぶんびっくりしてるだろうね。なにせ、あるはずの村がないんだからさ」

ズゴゴゴゴゴゴゴゴゴゴゴゴゴゴゴゴゴゴゴゴゴゴゴゴゴゴゴゴゴゴゴゴ――

「あの……ルーク様……あたくしの目がおかしくなければ……この都市、動いてるように見えますの……」

「うん、動いてるよ。というか、動かしてるから。あとこれ、村だからね」

「いやいやいや、どういうことですの!?　都市は普通、動きませんわよね!?　なにさも当然のように言ってますの!?」

「だから村だってば」

そう。僕は今、配置移動スキルを使うことによって、村を丸ごと移動させていた。

「さすがルーク様ですね」

「さすがにさすがで片づけていいのかしら……？」

「は、はは……相変わらず私の予想を軽く超えていかれますねぇ……」

「もう少し驚くべきではありませんの!?」

王女様が喚《わめ》いているけど、僕の村では建物が動くことくらい日常茶飯事だったからね。

以前にも一度、村ごと少し移動させたことがあるし。

「とはいえ、これだけの大移動は初めてだけど」

「ええと……つまりこれは、戦わずに逃げるということですの？」

「いや、そうじゃないよ、王女様。できるだけ少ない被害で、確実に勝利するために移動してるんだ」

父上が諦めるまで逃げ続けるのも一つの手だろうけど、それだと父上はともかく、兵たちが可哀想だ。

「目的地が動くとか……進軍してる方からしたら最悪よね……」

「……考えたくもないですね、姉上」

「た、確かに、こんなことをされれば、兵たちの士気も体力も大幅に削られそうですわね……。それで、一体どこまで移動するつもりですの？」

まずは荒野を西へ西へと進み、敵の進軍ルートを迂回してから南へ向かっている。

もちろんこの辺りはまだまだ、領地強奪を使えば村の領内にできる範囲だ。

それから南へと進み続けること数日。やがて前方に見えてきたのは、

「あれは、まさか……王都、ですの……？」

アルベイル領都のそれにも勝る、立派な城壁だった。

……うちの村ほどじゃないけど。

「うん。王都だよ」

「こんなに早く戻ってこれるなんて……。で、ですが、王都は今、アルベイル軍に占領されているはずですわ」

「だからまずは王都を取り戻すんだ」

「……はい？」

◇　◇　◇

私の名はネオン。エデル様を傍で支える四将が一人。

軍師として数々の戦いを勝利に導いてきた私は、その用兵の才を買われ、この度、非常に重大な任務を託された。

それはエデル様が不在の間、ここ王都を占拠するアルベイル軍を指揮することだ。

我々を良く思わない勢力が多くいる中、限られた兵たちを使って、現状を維持しなければならない。

無論、王族や貴族たちの動きにも注意を払わねばならず、簡単な任務ではなかった。

幸い今のところ大きな問題は起こっていない。

小さな暴動などは発生したものの、すぐに鎮圧に成功したし、裏で反乱を画策していた一部の貴族たちも、事前に察知して捕えることができた。

エデル様の期待に応えるため、私は必ずや王都を守り抜く所存だ。

「ね、ネオン様っ！　大変ですっ！」

「どうした？　また暴動か？」

慌てた様子で走ってくる配下の兵士へ、私は至って落ち着いて対応する。

指揮官たるもの、どんな状況でも常に冷静沈着であることが求められるのだ。

「ま、街がっ！」

「街の方か。すぐに部隊を――」

「見知らぬ街がっ、王都に向かって移動してきています……っ！」

「……は？」

もしかしたらそれは、人生で最も驚いた瞬間だったかもしれない。

王宮で最も高い塔の上から城壁の向こう側を見遣《みや》ると、確かに報告を受けた通り、遠くからこちらに向かってくるそれが見えたのだ。

「ま、街が……王都より立派な城壁を持つ街が……猛スピードで近づいてきている……」

「し、しかもあの街ですがっ……エデル様が向かった件《くだん》の都市なのではないかとの報告も……っ！」

つまりアルベイル領の北にある荒野から、街が移動してきたということ……？

「そんなこと、あるわけが……」

困惑する私だが、本当の悪夢はそれからだった。

次から次へと、最悪の報告が上がってきたのだ。

「な、謎の都市は、王都に隣接した状態で停止したとのことですっ！　ですがっ……そこから兵士たちがっ……城壁を越えて王都内に侵入してきました……っ！　その数、一万を超えているとの情報もあります……っ！」

「だ、ダメですっ！　敵兵が強すぎて、即座に展開できた少数の部隊では、とても押し留めることができません……っ！　すぐに援軍をっ！」

「王宮まで到達されました……っ！　城内にいる兵数は少ないですが、もはや城門を閉じて籠城戦に持ち込むしかないかと……っ！」

これは本当に現実だろうか？

もはやこの私をもってしても、対応する術《すべ》など思いつくことができない。

「ネオン様っ！　どうすれば!?」

「すぐにご指示を！」

「ネオン様！」

縋《すが》るような配下たちの叫び声が酷く遠くから聞こえてくる。

王宮を奪われるわけにはいかない……エデル様がどれほどお怒りになられることか……何としてでも死守せねば……だがどうやって……失敗は許されない……四将の一人としての矜持……これまで積み上げてきた信頼……何も思いつかない……もはや首を斬るしか……

「ね、ネオン様……？」

「あばばばばばばばばばばばばばばばばばばばばば」

「ネオン様が壊れたあああああああっ!?」

◇　◇　◇

「停止、と」

王都の城壁とギリギリぶつからないところで、僕は村の移動を停止させた。

「じゃあ、みんな、準備はいいかな？」

「「「おおおおおおっ！」」」

僕が呼びかけると、すでに武装を終えた村人たちが力強く応じてくれた。

彼らは一斉に、村の城壁の内側に設けた階段を上っていく。

そして城壁の上まで到達すると、そこから王都の城壁へと飛び移っていった。

王都の城壁の方が低いので、飛び移るというか、飛び降りると言った方がいいかもしれないけど。

そうしてあっさりと王都への侵入に成功すると、突然のことに慌てふためきほとんど態勢を整えられないままのアルベイル軍を蹴散らしながら、王宮へ。

そのときにはさすがに王宮の出入り口は塞がれていたけれど、僕が掘り進めておいた地下道を通り、セレンたち主力部隊を城内に突入させる。

「なぜ城内から!?」

「い、いつの間に!?」

混乱するアルベイル兵を後目《しりめ》に、内側から城門を開けてやれば、もはやそこから王宮を奪い返すまでそう時間はかからなかった。

「お父様！」

「おおっ、ダリネア！」

軟禁されていた王様も無事に助け出すことができた。

王女様との感動の再会だ。

「しかし、まさかこんなに早く帰ってくるとは……」

「あたくしもびっくりしてますわ……それもこれも、そちらのルーク様のお陰ですの」

「おお、君が……」

「ルーク＝アルベイルです」

こんな荒れ放題の国の王様なので、きっと放蕩《ほうとう》で無能でブクブク太った典型的な暗君なのだろうと勝手に思っていた。

でも見たところ標準体型で衣服も質素、それに真面目で知的な雰囲気がある。

「貴殿には本当に申し訳なかった。無理やり巻き込むような真似をしてしまって……」

いきなり謝罪されてしまった。

王様から頭を下げられて、僕は慌ててしまう。

「い、いいえ、私もアルベイルの一員。父上の暴挙に、何の責任もないとは言えませんので」

「しかし貴殿はとうにアルベイル侯爵とは袂《たもと》を分かっていると聞いておる」

「そうですね……祝福の儀の直後に実家を追い出されましたから」

「ふむ、ゆえに父であるアルベイル侯爵を憎んでいると？」

「憎んではないです。ただ、価値観はまったく違います。僕は戦いとか力なんかには何の興味も無くて、ただ静かに平和に暮らしていければそれで十分なんです」

「ははは、なるほど、それは余と気が合うな。本当は余も王など辞めてひっそりと生きていきたいのだ。とはいえ、王族として生まれた以上、やらねばならぬ責務がある」

どうやら今代の王様は結構ちゃんとした人のようだ。

「それで、一体いかにしてアルベイル侯爵を出し抜いたのだ？　先ほど貴殿の兵から少し話を聞いたが、アルベイル侯爵が荒野に進軍している隙を突く形で、ここ王都を奪還したそうだが……」

「あ、はい。村を丸ごと移動させてきました」

「……え？」

「あの、お父様……あちらをご覧になってくださいまし」

王女様に促されて窓の外へと目を向けた王様は、仰天のあまり腰を抜かしてしまうのだった。

「ななな、なんじゃありゃあああああああああああっ!?」

◇　◇　◇

「これは一体どういうことだ!?　街などないではないか！」

「そ、そんなはずは……っ！　確かについ昨日まで、荒野の真ん中に巨大な都市が存在していたのです！」

「だとしたらなぜそれがない！　まさか街が一夜にして消失したとでも言うつもりか！」

「ひぃぃぃぃっ！」

アルベイル侯爵の怒声が荒野の空へと響き渡る。

ついに荒野へと辿り着いたアルベイル軍二万が見たのは、ただただ広大な荒れ地と、その向こうにある魔境の森だ。話に聞いていた都市など、影も形もない。

「まさか、最初から誤った情報だったということか？」

「いえ、そんなことは不可能なはずです。調査兵が実際に何度も見ていますし、村に行ったことがあるという領民は何人もいたのですから」

「……皆が……幻覚を……見せられていた……？」

「ほほほ、そんな大規模な幻覚などあり得ませんよ」

「ならば一体この状況をどう説明できるというのだ。街が動いてどこかに行ってしまったわけでもあるまい」

四将たちも困惑している中、荒野を必死に駆け回っていた斥候部隊が戻ってくる。

「こ、荒野の中心へと延びる謎の道路を発見いたしました……っ！」

「道路だと？」

侯爵が馬を走らせていくと、そこには確かに一本の道路があった。

美しい石畳のそれは真っ直ぐ荒野を貫くように延びている。

その道路に沿って進んでいくと、前方に何かが見えてきた。

「あれは……石碑か？」

道路が途切れた場所にあったのは巨大な岩だ。

そこには何やら文字らしきものが書かれており、侯爵はそれを読み上げた。

「『村は王都に一時移転しました。村長ルーク』だと？　何だ、これは!?　奴はふざけているのか！」

　このときは石碑の内容など取り合うこともなく、斥候部隊にさらに範囲を拡大して周辺を探索するよう命じた侯爵だったが。

　結局、何も見つけることができずに、ひとまずここからほど近い北郡最大の都市リーゼンへと兵を移動させるのだった。

　そんな彼の元へ、王都から急報が届いたのは、荒野から引き返した翌日のこと。

「お、王都がっ……な、謎の軍に攻め込まれ、あっという間に王宮を奪還されてしまったとのこと……っ！」

「何だと!?　ネオンはどうした!?」

「お、恐らく、敵に捕えられたのではないかと……」

「使えない奴め！　だが謎の軍だと……？　ネオンの率いる兵を破って短期間に王都を奪うなど、そんな真似ができる軍には思い至らんぞ」

「そ、それが……王都の傍に突如として謎の都市が出現し、そこから兵が乗り込んできたそうで……」

「……は？」

「王都だ！　すぐさま王都に向かうぞ！」

その後、アルベイル軍は王都へと引き返すこととなった。

無論、王都を奪い返すためである。まだ完全には報告を信じ切れていない侯爵だったが、それでも今は王都に向かうしかない。

だがその道中、彼らは幾度となく敵の襲撃を受けてしまうこととなった。

「また物資をやられましたっ！」

「兵たちも休むことができておりません……っ！」

夜の野営中、どこからともなく現れる敵兵。

彼らは軍の命とも言うべき武器や食糧を燃やすと、まるで霞のように消え去っていく。

どんなに厳しく警戒していても、敵兵の接近を捕捉することすらできない。

それどころか、夜通し敵襲を知らせる大音量の鐘が鳴らされ続けるせいで、兵たちはロクに休息を取ることができず、加速度的に疲弊していった。

次第に離脱する兵も増えてきてしまう。

「荒野との往復もあり、兵の疲労はピークに達しております。食糧も不十分ですし、ここは一時態勢を整えるべきでは……」

「ならん！　悠長にしていれば、諸侯の軍が参戦してくるだろう。そうなればますます王都の奪還は難しくなる。幾ら兵が欠けようと構わん！　とにかく進軍を急がせろ！」

配下の案をアルベイル侯爵は一蹴する。

アルベイル軍の苦戦が知れ渡れば、これまで傍観を決め込んでいた諸侯が一気に打倒アルベイルへと動き出す可能性もあった。侯爵はそれを危惧しているのだ。

ゆえに一刻も早く、王都を再び手中に収めなければならない。

そうして強行軍の末、ようやく前方に王都が見えてきたときには、兵数は半分以下にまで落ち込んでしまっていた。

◇　◇　◇

「行くぞ！」

「「おおっ！」」

号令とともに彼らは階段を駆け上がっていく。

上り切った先にあったのは、夜の闇の中に無数に張られた野営用の天幕。

そしてそれを燃え盛る篝火《かがりび》が照らしている。

「あれが食糧庫のはずだ」

「よし、燃やすぞ」

松明《たいまつ》を投げつけると、天幕の一つに火が燃え移り、激しく燃え始めた。

「て、敵襲！　敵襲だ！」

それでようやくこちらの侵入に気づいたようだが、もう遅い。

彼らは階段を一気に駆け下りる。

するとまるで最初からそこに何もなかったかのように、階段そのものが消失してしまう。

「どこに行った？」

「確かに、さっきまでここに侵入者がいたはずだが……」

闇に溶けるようにいなくなってしまい、慌てて駆けつけてきた兵士たちは、ただ茫然《ぼうぜん》とその場に立ち尽くすしかないのだった。

◇　◇　◇

「うんうん、いい感じで兵力を削ぐことができているみたいだね」

影武者へと意識を移した僕は、アルベイル軍の窮状を確認しながら頷《うなず》いた。

「向こうもまさか地下に潜んでるとは思わないでしょ」

実はアルベイル軍の行軍に合わせる形で地下通路を進み、彼らが野営をすれば、その度に夜襲を仕掛けているのだ。

何人かを敵軍の一兵卒として潜入させ、地上の情報を得ているのだけれど、兵たちの離脱が止まらない状況らしい。

父上もかなり苛立《いらだ》っているみたいだ。本陣からは常に怒鳴り声が響いているそうだし。

それでも行軍を急いでいるのは、この劣勢に乗じて、有力諸侯たちが戦いに参戦してくるのを懸念しているからだろう。

実際、今こそアルベイルを討つチャンスだと、日和見《ひよりみ》な宮廷貴族たちも一気に反アルベイルへと傾き、諸侯への呼びかけを始めているようだった。

そうしていやらしい攻撃で敵の戦力を削り続けた結果、アルベイル軍が王都に辿り着いたときには、兵数は半分以下にまで減少していた。

「一万いかないくらいかな？　でも、まだもうちょっと減らしておきたいね。……というわけで、みんな準備はいい？」

王都を取り囲む城壁の上に配置しておいた影武者に意識を転じた僕は、そこで待機してくれていた彼らに声をかける。

「おうよ！」

「いつでもいけるだ！」

威勢のいい返事をしてくれたのは、村のドワーフたちだった。

「ドナ、射程の設定は大丈夫だよね？」

「ん。ばっちり」

ドワーフの少女ドナが自信ありげに頷く。

「それじゃ、点火用意！」

「「おう！」」

僕が合図すると、ドワーフたちが一斉にあらかじめ用意しておいた鉄の塊へと駆け寄る。

それは彼らが製造した、鉄の弾丸を飛ばす兵器——大砲だ。

「……発射っ!!」

◇　◇　◇

「あれが王都……？　我々が出発したときは、あんな城壁ではなかったはずだが……」

「お、王都の隣に別の都市が……どうなってやがんだ……？」

ようやく王都が見えるところまでやってきたところで、アルベイル軍の兵たちはその光景に混乱していた。

というのも、王都の城壁が明らかに以前のそれより、立派なものになっていたのだ。

さらに王都に隣接するのは、それまでなかったはずの別の都市である。

「エデル様……どうやら、報告は本当だったようで……」

「……見れば分かる」

ここまでくれば、もはや信じるしかなかった。

本当に荒野にあったはずの都市が、何らかの手段によってここまで移動してきたのだ。

「しかも王都の城壁が真新しくなっていませんか……？」

「お前にもそう見えるか。残念ながらオレもだ」

「……右に……同じ……幻覚……だったら、嬉しい……」

経験したことのない事態の連続に、歴戦の猛者である四将たちも唖然とするしかない。

と、そのときである。

城壁の上にずらりと並んでいた謎の物体から、轟音とともに次々と煙が上がったのは。

「何だ、あれは？」

「っ！　に、逃げろっ！　何かがこっちに飛んでくるぞ!?」

ドドドドドドドドドドドドドドオオオオオオオオオオオオオンッ！！！

次の瞬間、アルベイル軍の先頭と目と鼻の先に、次々と鉄塊が着弾。

その衝撃で地面が激震し、飛び散った土砂が彼らの頭上から降り注いだのだった。

「「～～～～～～っ!?」」

轟音とともに一瞬で視界を奪われた彼らは、パニックに陥ってしまう。

「ななな、何なんだよぉっ、今のとんでもねぇ魔法はっ!?」

「こんな広範囲魔法ありかよ……っ！」

「冗談じゃねぇ！　こんな相手とやり合えるかってんだ！　逃げろ！」

大砲というものを見たこともない彼らは、どうやらそれを魔法によるものだと思ったらしい。

その圧倒的な破壊力を目の当たりにして、恐怖のあまり逃げ出す者が続出した。立ち込める煙で視界もおぼろな中、我先にと脱走していく。

「え、エデル様っ！　危険です……っ！　これでは接近することもできません……っ！」

「狼狽《うろた》えるな！　地面をよく見ろ！　穴が開いているのはごくごく一部だ！」

土煙が晴れ、次第に前方の様子を確認できるようになってきた。

アルベイル侯爵が指さす先へと視線をやると、確かに地面のあちこちが深く抉《えぐ》られてはいるが、穴と穴の間は十メートルほどの間隔があって、矢の雨と比べればずっと直撃を受ける確率は低そうである。

「運が良ければ死なずに済む！　行くぞ！」

「「お、おおおおおおおおおおっ！」」

残った兵士たちが決死の叫び声を轟かせ、一斉に王都に向かって進軍を再開した。

しかしその出鼻を挫《くじ》くように、そこへ再び鉄塊が降ってくる。

轟音と地震、跳ね上がる土砂。

やはりその恐怖に耐えられず、砂煙に紛れて離脱する者が出る。

実を言うと、鉄塊が兵士たちに直撃することは一度もなかったのだが……戦場を必死に走る彼らがそれに気づくことはなかった。

　そうしてついに先頭が王都を守護する城門へと辿り着いたときには、アルベイル軍の兵数は五千を切っていた。

◇　◇　◇

「よしよし、大砲脅し作戦は上出来かな。じゃあ、みんな撤収っ！」

　城壁の上、影武者に乗り移った僕は、ドワーフ隊に撤退の指示を出す。

　少なくともこの国では、過去に大砲が戦争で使われたことは一度もない。

　武技と魔法が発展しているので、そうした兵器開発には力を入れてこなかったのだろう。

　だからこんなに轟音を響かせ、広範囲に地面を爆発させた現象も、魔法によるものだと思ったはずだ。

　もし大砲だと分かっていれば、きっとここまで恐怖することはなかったに違いない。

「しかも地面を狙って撃ってただけだし」

　言ってみればただのハッタリだったのだけれど、それでも多くの兵士を離脱させることに成功した。

　ただ、さすがにこの程度で父上の戦意を挫くことはできないようで、少なくなった兵士たちを引き連れ、城門へと突撃してくる。

「ガイオン！」

「はっ！　うおおおおおおおおおっ！」

その先陣を切ったのは、ガイオンと呼ばれた身の丈二メートルを超す巨漢だ。

乗っている馬も小さめの象くらいあって、巨大な棍棒《こんぼう》を手に速度を落とすことなく城門へと突っ込んできた。

確か、四将と呼ばれる父上の側近の一人だ。

ドゴオオオオオオオオオンッ!!

そのまま巨大な棍棒を城門へと叩きつけ、門扉を吹っ飛ばしてしまった。

そして悠々と城門を潜り抜けていく。

「……なんて馬鹿力」

たぶん何らかのギフトを保持しているのだろう。

あんな真似ができる人間がいたなら、アルベイル軍が攻城戦で無双してきたのも頷ける。

こんなふうに個人の圧倒的な力があるからこそ、兵器開発の優先順位が低いのだ。

「ま、想定通りだけど」

王都内に侵入したアルベイル軍は、真っ直ぐ王宮に向かって前進する。

だけど半分ほどが王都に入ったところで、僕は破壊された城門を新しく作り替えてやった。

「っ!?」

「門扉が復活した!?」

「入れなくなったぞ……っ!?」

いきなり門を塞がれてしまい、後続が慌てて足を止める。

三千近い兵たちが王都の外に取り残されたような形だ。

ここ王都はすでに、僕の村の領内へと組み込まれている。

だから城壁を作り替えることもできたし、今みたいに壊された城門をすぐに作り直すことも可能だ。

そんなことも知らずに、残り二千を切ってしまった兵を率いて、父上は王宮に向かって前進を止《や》めない。

いよいよ決着をつけるときが近づいてきていた。

第十章　父と子の決着

「後続が来ていないだと!?　くそっ!　先頭は止まる気配はないし……このまま付いていくしかない!」

ズゴゴゴゴゴゴゴゴゴッ!

「な、なんだ!?　いきなり前方に壁が!?　くっ!　迂回するぞっ!」

ズゴゴゴゴゴゴゴゴゴッ!

ズゴゴゴゴゴゴゴゴゴッ!

「左右にも壁が!?　て、停止ぃぃぃっ!」

ズゴゴゴゴゴゴゴゴゴッ!

「後ろもだと!?　こ、これは……閉じ込め、られた……?」

王宮へと続く大通りを進むアルベイル軍だったが、さらに次々とその兵数を減らしていた。

というのも、突如として出現する檻《おり》のような壁が、後方の部隊から順番に彼らを閉じ込めていったからだ。

そして気づいたときには、僅か三百ほどの兵を残すのみとなってしまっていた。

「エデル様！　もはや兵が数百しかおりませぬ！　このままでは王宮を落とすのも容易では……」

「問題ない！　残ったのは精鋭が三百っ！　十分な戦力だ！」

だがアルベイル侯爵の戦意は変わっていない。

それどころか、より一層苛烈にその闘気を膨らませている。

「ふははははは！　エデル様のおっしゃる通りだ！　我ら四将に落とせぬ城などない！」

「……今は……三人しかいない……」

「ほほほ、三人でも十分でしょう。それでもここまで我々が追い込まれたのは何年ぶりでしょうか。腕が鳴りますねぇ」

四将たちの戦意も決して衰えてはいなかった。

ズゴゴゴゴゴゴゴッ！

しかしあと少しで王宮に辿り着くというところで、彼らの行く手を塞ぐように巨大な壁が地面からせり上がってきた。

「ふははははは！　この程度の壁など、ぶち壊してくれる！」

「ほほほ、ガイオン、ここは私に任せてください」

「メリベラ！」

メリベラと呼ばれた四将の一人が魔法を発動する。

　すると、どこからともなく現れた大量の土が壁の前に積み上がり、坂を形成していく。

　彼の十八番は黄魔法だ。

　中でも土を生成したり操ったりするのを得意とし、時には戦場の地形ごと変えるという荒業をやってのける凄腕の魔法使いである。

　前後に現れた土の坂を駆け上がり、彼らは壁をあっさりと越えていった。

　そうしてついに辿り着いたのは、王宮前の広大な広場だ。

　そこには敵兵が待ち構えていた。

「ほほほ、見たところ、たったの五百程度ですか。我々もかなり減ったとはいえ、これで食い止められるとでも思っているのでしょうかね」

「……どこかに……兵を潜めてる……可能性も……」

「ふははは！　どんな手を使おうが、我らの勝利は揺るがぬ！　蹴散らしてくれるわ！」

「行くぞ！」

「「おおおおおっ！」」

　アルベイル侯爵の号令を受け、残る三百の兵が一斉に馬に鞭《むち》を入れる。

　彼らはアルベイル軍の精鋭中の精鋭で、幾多の戦場を侯爵とともに乗り越えてきた歴戦の強者たちだ。

　戦闘系のギフトを有する者も多く、この人数であっても十分に城を奪還することが可能だと、誰もが自分たちの勝利を疑っていない。

しかしそんな彼らも、まさか敵兵と激突する寸前で、いきなり足元の地面が消失するとは思ってもみなかった。

「「は？」」

先ほどまでなかったはずの巨大な穴。

突如として出現したそこへ、全員が勢いよく落ちていく。

その深さは五メートルほど。

馬から投げ出されながらも、身体能力の高い彼らはどうにか受け身を取ったが、直後に上から無数の矢の雨を浴びせられた。

「ほほほ、やってくれましたねぇ！」

兵たちはどうにかそれを凌《しの》ぐも、馬は負傷が酷く、もはや使えそうにない。

メリベラが再び坂を作り出し、馬を捨てた兵たちがそれを走り上がっていった。死をも恐れぬ彼らの闘争心は衰えるどころか、かえって高まっているほどだ。

「行けえええええっ！」

「ぶち殺せええええっ！」

「おらあああああっ！」

ここまで散々に翻弄されてきたことで、彼らの怒りはもはや頂点に達している。

装備もバラバラな、寄せ集めのような連中に負けるはずがない。

彼らはそう確信し、競うように特攻していく。

そうしてついに勝負の行方は、白兵戦へと持ち込まれたのだが。

またしてもアルベイル軍の予想が、大きく覆される展開となってしまうのだった。

◇◇◇

前回ラウル軍に対して行ったのと同じように、彼らの足元に巨大な堀を作成して、いきなり地面を消失させてみた。

だけど、さすがは父上が直接率いるアルベイルの精鋭兵たち、堀の底に激突してもしっかり受け身を取っている。

それでも馬から下ろすことができたから十分な成果だろう。

「騎馬での突進は厄介だしね」

王宮前に展開させている五百人ほどの兵たちは、全員が村人や村を拠点としている冒険者たちだ。

村で製造された武具に身を包んだ彼らが、堀から脱出したアルベイル軍と激突する。

一応、王宮の兵たちも一緒に戦うと言ってくれたのだけれど、彼らは王宮内に控えてもらっていた。

正直言って、実力が違い過ぎる。

この五百人は村の精鋭たちで、王宮兵ではかえって足手まといになるだろうとの判断だ。

まぁ、王宮を守護する兵たちって、どうしても実戦経験に乏しいしね。もちろん格式は高いのだけれど、そこらの諸侯が所有する領兵の方がよっぽど強いくらいである。

「な、何だ、こいつらは!?」

「つ、強い!?」

そんな村兵たちによって、威勢よく突っ込んできたはずのアルベイルの精鋭兵たちが跳ね返されていた。

数で上回っているからではない。個々の能力で明らかに圧倒しているのだ。

経験こそアルベイル兵が上だろう。だけど、ギフトやスキルを含め、ステータスでは大きく凌駕している。

しかもまだこちらは村人強化のスキルは使っていない。

「馬鹿なっ!?　我の攻撃が防がれるなど……っ！」

四将の一人、巨大な棍棒を振り回すガイオンも苦戦している。

『盾聖技』のギフトを持つノエルくんが、城門すら破壊してみせたその一撃を、盾で捌《さば》き切っているのだ。

「ほほほ、二刀流に、氷の魔法……バズラータの氷剣姫ですか……」

さらに四将のメリベラも、セレンによって完全に抑え込まれていた。

「あの四将たちと互角にやり合う奴らがいるとは……っ！」

「くっ……怯むな！　我らに敗北は許されない！」

士気こそ衰える様子のないアルベイル軍だけれど、それでも劣勢は明らかだった。

……ただ一人を除いて。

「ふん！」

「「がぁっ!?」」

父上が剣を振るうと、それだけで凄まじい衝撃波が発生し、数人をまとめて吹き飛ばしてしまう。

先ほどから勇敢な村人たちが次々と挑んでいるけれど、攻撃を届かせることすらできていない。

「ふむ、あの男、完全に別格だな。あれが貴殿の父君か」

「う、うん。正直、倒せる気がしないかも……」

僕の傍で矢を放ち、余裕で百発百中させていたフィリアさんが、圧倒的な強さの父上に舌を巻いている。

父上に挑戦している村人たちに関しては、すでに村人強化を使っているというのに、あの力の差だ。

武技系のギフトを持っているにもかかわらず、手も足も出ない。

バルラットさんですら、太刀打ちできずにあっさりやられてしまったほどだ。

たぶんノエルくんが守りに徹したとしても、一分も持たない気がする。

「ふははは！　さすがはエデル様だ！　いかに兵力を削られようとも、エデル様さえいれば我らの敗北はあり得ぬ！」

「ほほほ、エデル様は一騎当千ならぬ、一騎当万。たったお一人で、いかなる戦況をも覆してしまわれるのです！」

四将の二人が勝ち誇る中、父上は真っ直ぐ僕の方に向かって突き進んでくる。

その血走った目は完全に僕を狙っていた。

「ルーク、お前は完全に私を怒らせたっ……私の手であの世へ送ってやる！」

……怖っ！

「させるか！」

「村長をお守りしろ！」

「雑魚どもが私の邪魔をするなぁっ！」

「「ぐぁっ!?」」

村兵たちが立ち塞がるけれど、その歩みを止めることはできない。

フィリアさんの矢も簡単に斬り落とされてしまう。

そうして、彼我の距離があと十メートルほどとなったときだった。

「……死ね、ルーク」

父上の全身が煌々《こうこう》と光り出す。

以前、ラウルが見せたのと同じ……猛烈な闘気の輝きだ。

「させねぇよ」

「っ！」

だがそのとき、突如として父上に躍りかかる影があった。

咄嗟に剣で防御した父上の目が見開かれる。

「……ラウルっ？」

「兄貴はやらせねぇぜ、クソ親父」

「っ……貴様っ……」

割り込んできたのはラウルだった。

その行動と言葉から状況を察したのか、父上は怒鳴り声を上げる。

「ラウル、貴様っ……この私を裏切る気かぁっ！」

同時に弾き飛ばされたラウルは、すんなり着地を決めながら鼻を鳴らした。

「はっ、裏切るだと？　この俺が、一体いつからてめぇの味方になったってんだよ？」

「なんだとっ……」

「俺はな、ルークのクソ野郎が大嫌いだ。だがな、それ以上に昔からずっとっ！　てめぇのことが一番嫌いなんだよっ、クソ親父ぃぃぃぃっ！」

叫びながらラウルが父上に躍りかかる。

「てめぇが俺に何をしてくれたっ!?　俺と母上を城の隅っこに追いやり、顧みることもなかったくせに、てめぇと同じギフトを授かった瞬間から偉そうに父親面《づら》しやがってっ！」

「く……っ！」

「俺は幼い頃に誓ったんだよっ！　いつか必ずてめぇをぶっ倒して、俺の前に跪かせてやるってなぁ！」

ラウルが繰り出す猛烈な斬撃の嵐。

これまでどんな相手も圧倒していたはずの父上が、受けるだけで精いっぱいだった。

村に軍を率いてきたときより、ラウルが明らかに強くなっている。

きっとあれから厳しい鍛錬を自らに課し、腕を磨き続けてきたのだろう。

だけど――

「どいつもこいつもっ……お前たちはただ、この私の言いなりになっていればよいのだぁっ！」

「～～っ!?」

裂帛《れっぱく》の叫びを上げ、父上が無理やり反撃へと転じた。

それにより一気に形勢が逆転する。

「ぐぅっ！　……かっ！」

父上の猛攻を、ラウルは必死に凌いでいく。

けれど完全には防ぎ切ることができず、徐々に身体に傷が増えていってしまう。

「はぁっ！」

「がふぁっ！」

吹き飛ばされ、地面を転がるラウル。

すぐに起き上がったけれど、その息は荒く、すでに限界ギリギリで戦っていることがうかがえた。

一方の父上はまだまだ余裕が感じられ、強さの底が見えない。

やはり同じ『剣聖技』のギフトを持っているとしても、年季が違い過ぎるのだ。

今のラウルでは、父上に勝つことはできないだろう。

それは本人にも分かっているようで、

「はっ、さすがだぜ、クソ親父。やっぱまだ俺の力だけでは無理なようだな。癪だが、あいつの力を借りるしかねぇか……おい、兄貴っ！　やれ！」

ラウルの合図を受け、僕は頷く。

「了解！　――村人強化！」

◇◇◇

それは王都をアルベイル軍から奪還した、少し後のことだった。

ラウルが秘密裏に使者を送ってきて、それで王都に向かって進軍中だった彼と会うことになったのである。

「親父の強さは規格外だ。戦い続ければいつかは体力の限界がくるだろうが、それまでにてめぇのとこに大きな被害が出るだろうぜ」

「うーん、それは困るなぁ……」

「……一ついい案があるぜ」

「いい案？」

「俺にあいつと戦わせろ」

「えっ？　ラウルが？」

「ああ。正直、てめぇのことは死ぬほど嫌いだが、それ以上に俺はあのクソ親父が大嫌いだ。あいつをぶっ倒すまたとないチャンスとあれば、てめぇに協力するのも悪くねぇ」

「死ぬほど嫌い……」

「おい、何でショックを受けてやがる？　いや、そんなことはどうでもいい。幾ら同じギフトを持つとはいえ、今の俺じゃ間違いなく勝てねぇだろう。だから、手を貸せ。てめぇは味方を強化する力を持ってんだろ？」

「え、何でそれを？」

どうやらラウルは、以前の戦いのとき、対峙《たいじ》していたノエルくんが急に強くなったことを覚えていたらしい。

「そいつを俺に使え」

「でも、そのためには村人にしなくちゃいけないけど？」

「……死ぬほど嫌だが、構わん。そうでもしなければ、親父には勝てねぇからな」

◇　◇　◇

と、そんなわけで、ラウルが加勢してくれる運びとなったのだ。

〈ラウルを村人にしますか？〉

まずはラウルを村人に。

〈ラウルを村人にしました〉

よし、これで村人強化が使えるはずだ。

「——村人強化！」

「っ！　はははっ！　こいつはすげぇな！　力が溢《あふ》れてきやがる！」

「制限時間は五分だから気を付けて！」

「それだけありゃ十分だ！」

能力が二倍に強化されたラウルは力強く宣言する。

「決着を付けようぜ、クソ親父。俺が……いや、俺たちが、てめぇに敗北の味を味わわせてやるよ」

「ラウル、これを飲んで！」

僕は彼に向かってポーションを放り投げた。

「っと。んぐんぐ……はっ、こいつは最高だな。あっという間に全身の痛みが消えていくぜ」

しっかりキャッチしたラウルがそれを飲み干す。

これで先ほどの攻防で受けた傷はすぐに回復するはずだ。

「……私に敗北を味わわせるだと？　お前はまだ力の差が分からぬのか？」

「てめぇこそ分からねぇのか？　さっきまでの俺とは、闘気が桁違いだってことがな！」

「っ……これは……」

「はっ！　時間もねぇから、端《はな》から全力で行くぜ、クソ親父っ！」

ラウルが地面を蹴った。

一瞬その姿を見失うほどの速さで、一足飛びに父上との距離を詰める。

「なっ……」

「油断してっと、一瞬で終わっちまうぜぇっ！」

ガキイイイイイイイイイインッ！

剣と剣が激突する、凄まじい金属音が響き渡った。

　ラウルが繰り出した斬撃を辛うじて受けた父上だけれど、その威力を抑え切れず、身体が宙に浮き上がる。

「ぐっ!?　なんという力……っ!?」

「おらああああっ！」

「～～～っ!?」

　父上が吹き飛ばされた。しかも受け身を取った次の瞬間には、すでにラウルは目の前で追撃を放たんと迫っている。

「～っ！」

「どうした親父っ！　その程度かぁぁぁっ！」

　さすがは能力二倍。

　先ほどまでの力の差は一気に覆り、ラウルが父上を圧倒している。

「ば、馬鹿なっ……この私がっ……」

「おらおらおらおらっ！」

　ラウルの気迫と凄まじい強さ、そしてあの父上が一対一の戦いで押されているというこの状況に、交戦中だった兵たちも思わず手を止めてしまっていた。

「お、おい、何でラウル様が……っ？」

「それより、あのエデル様が苦戦されているだと……っ!?」

「う、嘘、だろう……？」

もちろんラウルには時間制限があるので、必ずしも完全に優位に立っているとは言えない。

それでもこのまま行けば、あの父上を撃破することができるだろう。

と、そのときだった。

ぐさり。

「……え？」

突然、背中に衝撃を受ける。

一体何が起こったのかと恐る恐る振り返ると、そこにいたのは四将の最後の一人。

小柄な男が、僕の背中にナイフを突き刺していた。

「……ラウル様の突然の強化……それはルーク様……あなたの仕業……ならば、先にあなたを始末する、べき……」

そう言えば、いつの間にか姿を消していた。

独特な話し方をするこの四将最後の一人の名は、ピパネル。

彼が得意とするのは、完璧に気配を消した超絶隠密による暗殺だ。

単身で敵陣に忍び込み、気づかれない内に敵の指揮官を始末することで、戦わずして戦いに勝つことすら可能にする。他の四将たちと違って派手さはないけれど、これまでに挙げてきた戦果は他の四将たちにも引けを取らない。

「……ナイフには……毒が塗ってある……あと十秒もすれば……動くことすら、できなくなる……」

「なるほど。確かに近づかれるまで、まったく気配を感じなかったよ。まぁ、マップにはしっかり赤い点で示されてたけどね」

「……？　なぜだ……なぜ、ナイフで刺されて……平然としている……？　いや、そもそも……血が出ていない……だと……？」

「うん、だってこれ、影武者だし」

「な……」

　もちろん痛みもないし、毒も効かない。

　一定のダメージを受けると消えてしまうはずだけど、まだそれには達していないようだ。

「影武者の……定義が……おかしい……」

「貴様っ！　よくもルーク様をおおおおっ！」

「許さんぞおおおっ！」

「～～っ!?」

　僕が本体だと思っていたらしく、近くにいた村兵たちがめちゃくちゃ激怒し、ピパネルに襲い掛かった。

「あ、いや、僕は大丈夫なんだけど？」

大丈夫だと手を振ってアピールしてみたけれど、頭に血が上っているせいか、全然気づいてくれない。

「ルーク様！　早くポーションを！」

「うん、慌てなくて大丈夫だって。影武者だから」

村兵たちに押し倒され、ピパネルはボコボコにされていた。

「……それより、ラウルと父上の戦いはどうなったかな？」

◇　◇　◇

エデル＝アルベイルの人生は敗北から始まった。

まだ彼が八歳のときだ。

隣接する領地から兵が攻めてきて、領都を含む一帯を奪われてしまったのである。

領兵を率いて、自ら敵軍を迎え撃った彼の父はあえなく戦死。

エデルは母とともに命からがら領地から逃げ出したものの、幼少期は過酷な亡命生活を余儀なくされることとなった。

「母上、どうして家に帰ることができないのですか？」

「領地を奪われてしまったからよ」

「なぜ奪われてしまったのです？」

「私たちが弱かったからよ」

「強ければ奪われないのですか？」

「そうよ。強ければ奪われないわ。それどころか奪うことができるのよ」

「強ければ奪うことができる……強ければ……」

そんな幼き日の経験により、彼は強く決意するのだった。

「私は誰よりも強くなってみせる……っ！　そして奪うんだ……っ！　もう二度と、奪われないように……っ！」

十二歳になったとき、祝福の儀で『剣聖技』のギフトを授かった彼は、やがて幼き頃に奪われた領地を取り戻すことに成功する。

だがそれで満足する彼ではなかった。

周辺の領地を次々と手中に収め、領地を急速に拡大させていくと、五大勢力の一角にまで上り詰めてしまう。

そして最大のライバルであったシュネガー侯爵家をも破ると、ついにこの国そのものに手が届くところまできた。

その間、彼は一度たりとも敗北したことがない。

傍《はた》から見ればどんな不利で無謀な戦いのようであったとしても、例外なく常に勝利してきたのだ。

——今日この瞬間までは。


「ば、馬鹿なっ……この私がっ……」

突如として強くなったラウルの動きに、エデルは付いていくだけでやっとだった。

速度でも、力でも、相手は今、完全に自分の上を行っている。

あり得ない。一対一で自分が負けるなど……。

しかも相手は自分の息子とはいえ、まだせいぜい十五かそこらの若造だ。

同じギフトを持っていると言っても、熟練度には天地の差があるはずだった。

「ぐぅっ！」

「はっ、そろそろ限界のようだなぁっ！」

相手の速さに、徐々に遅れ始めてきた。

猛攻を防ぎ切れず、身体のあちこちを斬り裂かれ、血飛沫《ちしぶき》が舞う。

敵の攻撃を喰らったことすら、久しぶりのことだ。

その懐かしい痛みと全身の疲労から、どんどん自分の動きが鈍くなっていく。

「私はっ……負けるわけにはいかんのだぁっ！」

「とっとと諦めやがれ、クソ親父ぃっ！」

「がぁっ!?」

痛烈な一撃をもらってしまった。

よろめき、その場に倒れ込む。地面に流れ出た赤い血が広がっていく。

もはや立つこともままならない、深手を負ってしまったようだ。

それでもエデルの目から闘志が失われることはなかった。ボロボロの身体に鞭を打ち、立ち上がろうとする。

「この国にはっ……私の力が……必要だっ……」

「ああん？」

「周辺国は虎視眈々《たんたん》と、内戦ばかりで停滞を続けるこの国を狙っている……っ！　我々はいつまでも内輪で争っている場合ではない……っ！　一刻も早くこの国を一つにまとめ上げ、こちらから先に打って出るべきなのだ……っ！　奪われる前に、奪わねばならんっ！　あらゆる国を支配しさえすれば、我らが奪われることなどないのだからな……っ！」

幼い頃、故郷を奪われた。

今度はこの国丸ごと、それと同じ目に遭うかもしれない。

「はっ、つまりは親父、てめぇならこの国をどんな国よりも強くできるってのかよ？」

「その通りだ……っ！　私の力ならっ……常に奪う側に立つことができる……っ！」

「どの口が言ってんだ」

「っ!?」

「その目でよーく見てみろや、てめぇが率いてきた連中をよ！」

　いつの間にか周囲から戦闘の音が聞こえなくなっていた。

　恐る恐る振り返ったエデルが見たのは、

「なっ……」

　全滅させられた精鋭兵たちだった。

　すでに戦っている者などいない。負傷が酷く倒れているか、縄で縛られているか、そのいずれかだ。

「も、申し訳ありません、エデル様……」

「奴らは、我々の予想を、遥かに超えていた……」

　四将たちですら敗北し、拘束されてしまっている。

　一方、敵兵は数えるほどの負傷者が治療を受けているくらいで、戦いの前とほぼ変わらぬ戦力を維持しているようだった。

　ラウルがその明白な事実を突き付けてくる。

「てめぇは負けたんだよ、ルークの野郎に。指導者としてな。それが現実だ」

「そ、そん、な……はず、は……」

「敗北者のてめぇが、誰よりもこの国を強くできる？　はっ、ちゃんちゃらおかしいぜ」

「ま、まだ……まだ私は、負けていない……っ！　負けて堪《たま》るかぁぁぁぁっ！」

辛辣な言葉で吐き捨てるラウルへ、エデルは最後の力を振り絞って躍りかかった。

両者の剣が、凄《すさ》まじい勢いで激突する。

ガキイイイイイイイイイインッ!!

「私はまだ負けていないっ！　お前を倒しっ、ここにいる全員を始末すれば……っ！　私のっ……私の勝ちだぁぁぁぁっ！」

パキィンッ！

エデルの剣が真っ二つに割れ、宙を舞った。

どうやらここまでの激しい戦いで、もはや耐久の限界にきていたのだろう。

「……な」

「最後に運にも見放されたか。……残念だったな、親父。てめぇの負けだ」

己の身を護るものがなくなったエデル。

ラウルはそのまま容赦なく剣を振り切り――ザンッ！

「があああああああっ!?」

周囲に血の雨が降り注いだ。

エピローグ

ズゴゴゴゴゴゴゴゴ――

王都を離れた村が、豪快に大地を進んでいく。

目指すは北東。もちろん、いつもの荒野に戻るためだ。

父上率いるアルベイル軍との戦いに勝利し、無事に王宮を守り切った僕たちは、村ごと帰還しているところだった。

いつまでも王都の傍に村を置いてるわけにはいかないしね。

「ねぇ、ルーク。本当によかったの？」

「え？」

「王様から直々に王宮に仕えないかって懇願されたんでしょ？　しかも爵位付きで」

「いやいや、僕にそんなの向いてないよ。荒野で静かに暮らす、ただの村長で十分だって」

セレンの指摘を、僕は一蹴する。

「ただの村長ねぇ……ただの村長はこんなふうに村を移動させたりできないと思うけど」

僕が丁重にお断りすると、王様や王女様から物凄く残念そうにされたっけ。

今回の一件を通じ、王様はこの国の在り方を根本から変えていく必要があると痛感したようで、これから改革を断行していくつもりだという。

宮廷貴族たちも色々と懲りたのか、王様の方針に概ね賛同しているようで、今後はこの国の中央集権化が進みそうだ。

余談だけれど、村人の中には、「このまま王宮を奪い、ルーク様が王になるべきです！」なんてヤバい主張をする人たちもいた。

僕を持ち上げてくれるのはいいけれど、最近ますます過激な村人が増えてきたような……どうしてだろう？

「まぁでも、王様をサポートしてくれるよう、代わりに影武者を置いておいたけどね」

「さすがです、ルーク様」

「……？」

「（つまり裏から徐々に乗っ取っていき、気づいたときにはこの国の影の支配者になっているわけですね……ふふふ、やはりルーク様の深謀遠慮は素晴らしい……）」

なんかミリアが良からぬことを考えている気がする。

なお、国家転覆を謀《はか》った罪で、アルベイル領は没収され、王家の直轄地となった。

そしてシュネガー侯爵領を始め、アルベイルに奪われた土地は元の領主へと強制返還されることに。

　だけどアルベイルの暴走を止めたのも、またアルベイルだったこともあって、幾つかの恩赦が与えられた。

　その一つが、王家の直轄地となった旧アルベイル領の代官として、父上の弟にあたる人物が派遣されたことだ。

　僕やラウルの叔父でもあるのだけれど、父上と違って温厚で、戦争を嫌ったことから、十代の頃にアルベイルを離れて王都で勉強し、文官として王宮に勤めていたらしい。

　ちなみにラウルが代官となる案もあったのだけれど、これはラウル自身が断った。

　そしてどういうわけか、王宮に残ると言い出したのだ。

「王家がここまで弱体化しちまったのも、国軍が脆弱《ぜいじゃく》すぎるからだ。この俺が入って、内側から鍛え直してやるぜ」

　どうやらこれは王様も歓迎したらしい。

　国軍が強くなり、諸侯の争いに介入できるようになれば、次第にこの国の戦乱も収まっていくことだろう。

　そして主犯である父上は……。

——少し時間は遡る。

厳戒態勢で護られたその地下牢に、僕は特別に入らせてもらっていた。

魔法によって強化された鉄格子の向こう側。

父上は粗末なベッドの上で眠っていた。

ラウルの剣で致命傷を負い、どうにかポーションの力もあって一命を取り留めはしたけれど、それからまだ目を覚ましていないという。

目覚め次第、裁判にかけられるそうだけれど……死刑は免れないだろう。

それに王宮内では、裁判を待たず眠ったまま処刑してしまえとの声も強くて、近いうちにそうなる可能性も高かった。

これが今生の別れになるかもしれない。

「父上……それでは僕は荒野に戻りますね」

そんな覚悟をしながら声をかけた、そのときだった。

「……そうか」

「っ!?　め、目が覚めていたんですか!?」

返事が返ってくるなんて思ってもみなかったので驚いた。

「たった今な」

静かに身体を起こす父上。

動作のスムーズさを見るに、どうやら怪我の方は問題ないようだ。

「私は負けたのか」

「……はい。ラウルに斬られて……」

「それだけではないだろう。私の軍はお前に完敗した」

「そうですね……色々と搦《から》め手も使いましたが……」

「ふん、兄弟そろって、この私に逆らいおって」

鼻を鳴らして咎めるように言う父上。

けれど不思議なことに、以前のような殺気や威圧感があまり感じられない。

まるで憑《つ》き物が落ちたかのようだった。自分が死刑になることを悟り、すでにそれを受け入れているからだろうか。

「だがまぁ、それも当然と言えば当然か。振り返ってみれば、私はお前たちに対して、父らしきことは何もしていなかったからな」

土壇場でラウルに裏切られたことを思い出しているのか、父上は自嘲気味に呟く。

「ルーク。お前もさぞかし、私を恨んでいるのだろう。荒野に追放したこの私のことを」

「え？　いえ、僕は別に恨んでなんかいませんけど？」

「……なに？」

僕の言葉に、呆気にとられたような顔になる父上。

「結果的に荒野で楽しく暮らせているので。別に恨んでなんていないですよ」

あのままアルベイル家に残っていた方が、よっぽどしんどかっただろう。

「……お前は昔からそうだ。男のくせにそんな軟弱な精神では……いや、今さらか上からモノを言える立場でもなかったか」

父上は呆れ返ったように息を吐く。

「最後に一つだけ聞かせるがいい。あのとき……あの祝福の儀の後、もしそのギフトの有用性に気づいて、お前を追放していなかったとしたら……今頃どうなっていた？」

「恐らくですが……どのみちそう遠くないうちに決別してたんじゃないかなと」

きっと父上の考えについて行けなくなって、僕は自分から家を出ていただろう。

「……ふん、違いない」

それが父上との最後の会話。

地下牢を後にした僕は、それからすぐに村ごと王都を発ったのだった。

◇　◇　◇

「……そ、それにしても、とんでもないギフトであるな。こんなに簡単に王宮を作り替えてしまうとは……」

「これから王都の方も作り替える予定ですよ」

「しかも、これが影武者の手によるものか……まるで本人と見分けもつかぬし……ううむ……」

ルークの影武者は、早速、王宮のために働いていた。

まずは挨拶代わりとばかりに、王宮を高さ百メートル越えの高層建築へと生まれ変わらせている。

少々やり過ぎてしまいがちなのは、本体の性質を受け継いでいるからだろう。

「ああ、ルーク様……さすがですわ……（いずれあたくしが王位を継いだときには、ルーク様を王婿に……うへへへ……）」

そんな影武者をうっとりと眺めている王女様がいたことを、この時の国王も影武者も気づいてはいなかった。

そのときである。

「た、大変です、陛下っ！」

「どうしたのだ？」

「アルベイル侯爵がっ……牢屋から脱走してしまいました……っ！」

「何だと!?」


地下牢から姿を消したアルベイル侯爵。

そのことで王宮が大混乱に陥っている頃、王都から随分と離れたその場所に、複数の人影があった。

「ほほほ、ネオン、さすがですねぇ。王宮を敵に奪われても、ただでは起きませんでしたか」

「黙れ。お前たちこそ、王宮の奪還に失敗したくせに。どの口が言う」

「……喧嘩は……やめるべき……」

「その通りである！　もはや互いを責めても仕方あるまい！」

アルベイル侯爵の側近であった四将たちだ。

戦いに負け、牢屋に捕えられていた彼らだったが、あらかじめ王宮内の構造を熟知していたネオンの先導によって、無事に脱走することに成功したのである。

そして彼らの他にも、もう一人。

「エデル様、これからいかがなさいますか？　我らはもはやお尋ね者。再起して改めて国を盗るにしても、まずはどこか身を落ち着かせられる場所が必要かと」

そう、ひと際厳重な警備の下《もと》、投獄されていたエデル＝アルベイルもまた、彼ら四将とともに王都から逃げ延びていたのだ。

「……もはや国になど興味はない。幾ら弱き者どもを寄せ集めて鍛えたところで、所詮は弱者だ。労力とあまりにも釣り合わぬ」

「ほほほ、なるほど、その通りでありますねぇ」

「主導者など割に合わん。代わりに、私は私自身を試してみたい。一武人として、果たしてどこまで強くなることができるのかをな」

そう告げて、アルベイル侯爵、否《いな》、ただのエデル＝アルベイルは歩き出す。

その頼もしい背中を、四将たちは自然と追いかけていた。

「ふははは！　さすがはエデル様だ！　ならばその新たな道のお供をしやしょう！」

「ほほほ、ガイオン、抜け駆けは許しませんよ」

「……メリベラこそ……自分も……エデル様に、火の中水の中……ついていく……」

「どうやら全員が同じ気持ちのようだな」

四将たちは誰一人として迷う様子はない。今後もエデルの後に付き従う腹積もりらしい。

こうして彼らは、国外へと逃亡したのだった。

「……それにしても……俺たちが脱出してきた、あの地下道……なぜ地下牢なんかに……出入り口があったんだ……？」

おまけ短編　王女の目覚め

あたくしとルーク様の最初の出会い。それは王都に匹敵する都市と、その中心に聳《そび》え立つ巨大な建物に、大いに圧倒された直後のことでしたわ。

お父様の命を受けて、アルベイル領北方の荒野まではるばる旅をしてきたあたくしは、未だかつてないほどに緊張していたのを覚えています。

ですが、実際にルーク様にお会いした瞬間に、緊張を驚きが勝りました。

「あなたがこの都市を作られたという、ルーク＝アルベイル様ですわね。事前に話は聞いていましたが、まさかこんなにもお若いなんて……」

若い、というふうに表現しましたが、むしろ幼いと言っても過言ではありませんでしたわ。

あたくしより二つ年下の十三歳とのことでしたけれど、まだ十歳くらいに見えたほどですの。

本当にあのアルベイル侯爵の息子なのかと思うくらい、穏やかでとても可愛らしい方。ただ、お父様が最後の望みを託した方というには少々頼りなさそうな……。

それがあたくしのルーク様に対する第一印象でしたの。

けれど少し街――村に滞在しただけで、すぐにルーク様の凄さが理解できるようになりましたわ。
メイドとたった二人だけでこの無人の荒野に追放されたにもかかわらず、ギフトの力を借りながら次々と建物と村人を増やし続け、なんと二年足らずでこの王都に匹敵するほどの村を築き上げたというのです。

しかも衣食住が保障され、何不自由なく暮らしている村人たち。これだけの人口ながら、喧嘩や争いごともほとんどなく、街にはゴミ一つ落ちていない。

エルフやドワーフといった他種族とも平和的に暮らしていて、彼らの作り出す希少なポーションや高性能な武具が、当たり前のように安価で販売されている。

そして村人たちは皆、村長であるルーク様のことを心から慕っていました。

「ルーク村長？　あの方は我々にとってもはや神ですな、神」

「何のとりえもない一村人の私にも、とても気さくに接してくださるんです。それに名前まで憶《おぼ》えてくださっていて……ほんとに素敵な方ですよ」

「ぼくねー、おおきくなったら、そんちょーさまみたいになるの！」

老若男女が、口を開けば彼への感謝や尊敬を言葉にし、誰一人として悪《あ》しく言う人などいませんでしたわ。

「どうやら能力だけでなく、本物の人格者のようですね」

王都から護衛として同行し、一緒に村を見て回っていたマリーシャも感心しているようです。

「マリーシャ。あたくしたち王族は、果たしてこれほど民草《たみくさ》から愛されているでしょうか？」

「殿下……」

「否《いな》ですわ。国を纏《まと》めることもできず、戦乱の世の前に無力な王族など、きっととうに見放されているはずですの……」

　何が王族でしょうか。

　尊い血筋だと貴族たちからは持て囃《はや》されていても、実際にはただのお飾りでしかありません。

　あの年齢でこれだけのことを成し遂げているルーク様と比べたら……。

「あの建物は何ですの？　子供たちが沢山いるみたいですけれど……」

　ふと変わった建物を発見して、あたくしは近くにいた村の方に訊《たず》ねました。

「あれは学校です」

「学校ですの？　あんな子供たちが……？」

　詳しく訊《き》いてみると、どうやら成人した貴族の子女たちが入学する王立学校と違って、成人前の子供たちなら、身分にかかわらず、誰でも無料で通うことができるそうなのです。

　せっかくなので、あたくしは見学させてもらうことにしましたわ。

「まだ幼い子供たちが、教師の話をとても熱心に聞いていますわね」

　この年齢で、こんなに集中して勉強しているなんて……。

　しかもどうやら今は算数の授業のようですわ。

あたくし、こう見えて実は結構、算数が得意で、家庭教師にもよく褒められていますの。

どんな内容をしているのでしょうか。

「『$x^2+2kx+4k$が実数xのどのような値に対しても、常に3より大きくなるような定数kの範囲を答えよ』この問題、分かる方いますか？」

「はい！　$1<k<3$です！」

なんか、めちゃくちゃ難しい問題を普通に解いていますの!?

あれはあたくしでもつい最近、教えてもらったばかりの問題ですわ！　それを、まだせいぜい十歳くらいの子がいとも簡単に!?

「殿下、私には彼らが何をしているか、ちんぷんかんぷんなのですが……。殿下は普段から算数を習っておられますし、あれくらいはやはり容易《たやす》く理解されているのでしょうか？」

「そそそ、そうですわねっ、マリーシャっ。も、もちろんですわ！」

い、言えませんわ！　確かに教えてはもらったけれど、まだ一度もちゃんと解けたことがないなんて！

その算数の授業が終わると、子供たちが一斉に移動を始めました。

どこに行くのか聞いてみると、どうやらこれから礼拝のようです。学校に併設された教会で行われるらしく、あたくしも付いていくことにしました。

ですが、教会に入ろうとしたら止められてしまいましたの。

「申し訳ありませんが、この礼拝は子供たち専用ですので」

なぜかメイド服を着た黒髪の女性です。どこかで見たことがあるような……ああ、そうですわ。ルーク様の近くに控えていたメイドの女性ですの。確か、ミリアと呼ばれていたような気がします。

「その、見学は……」

「お断りしております（さ、さすがに王家の方に、この村の礼拝を見せるわけにはいきません……っ！）」

「そうですの……残念ですわ」

なぜか有無を言わさぬ迫力に押されて、仕方なくあたくしは引き下がったのでした。

けれどその去り際、あたくしは足元にあるものを発見しました。

「本？　いえ、これは……日記？」

もしかして先ほどのメイドが落としたものでしょうか？　中のページが開いていたので、ちらりと見てみると、

△月□日（124日目）

いつもかわいいルーク様ですが、これまたいつも大変美味しそうにお食事をされます。

しかも食事の後には必ず、城の料理人たちに「おいしかったよ」と笑顔でお礼をしに行かれるので、みんなルーク様の虜になっています。

ああ、わたくしもルーク様に食べていただきたい……。


「っ!?」

な、何か見てはいけないものを見てしまったような……。

しかも他の日にも、必ずルーク様のことが書かれているみたいでした。

これでは日記というより、もはや観察記録……。

「殿下？　どうされましたか？」

「な、何でもありませんわっ」

急にマリーシャに声をかけられて、慌てたあたくしは、ついその日記を服の中に隠してしまったのでした。


……ルーク様とアルベイル侯爵の戦いは、あたくしの想像を遥かに超えていましたわ。

そもそも村を丸ごと王都まで移動させるなんて、予想できるはずもありませんの。

お父様も驚きのあまり腰を抜かしてしまわれたほどですわ。

しかも驚かされたのはそれだけではありません。

随分と数が減っていたとはいえ、あのアルベイル侯爵が率いる最強の兵たちを、ごく普通の村人たちが圧倒してしまったのですわ。

お陰で王宮は護《まも》られ、この国からアルベイル侯爵の脅威が取り除かれたのです。

あたくしも侯爵との結婚を回避することができましたの。

安堵したあたくしは、自室に戻ってほっと息を吐き出します。

そのときふと、それを発見してしまいました。

「日記……」

村の学校で拾った日記。

ついつい、そのまま持ち帰ってしまっていたのでしたわ。

「これを読めば、もっとルーク様のことが分かるかも……」

好奇心に突き動かされ、あたくしは再びその中身を見てしまいました。

●月▽日（586日目）
今日は少し元気がないルーク様。もちろんそんなルーク様もとてもかわいらしいのですが、どうやらこっそり庭で世話をしていた野良猫が死んでしまったようです。

ルーク様はその野良猫のためにお墓を作ってあげていました。本当にお優しい方です。

ああ、わたくしもルーク様に看取られたい……。

×月○日（2572日目）

出会った頃は幼かったルーク様も、随分と大きくなられました。

嬉しい反面、少し複雑な気持ちもあります。なぜならこのまま成長を続けると、いずれ大人になってしまわれるからです。

最近すっかり自覚してしまいましたが、わたくしはどうやら大のショタ好きのようなのです。

ああ、今のかわいらしい姿のままのルーク様を、どうにかして永久保存しておきたい……っ！

▲月■日（3329日目）
無人の荒野を前にしても、ルーク様は決して落ち込んではおられませんでした。なんと心の強い方なのでしょう。それどころか、ギフトの力が発現し、一瞬で小屋や井戸を作ってしまわれたのです。

ああ、かわいい上にカッコよく、しかもこんな素晴らしい能力まで……。

幸いこの荒野には二人きり。このまま押し倒して……ぐへへへへ……。


　そこに記されていたのは、赤裸々な欲望の数々でしたわ。

　最初こそ唖然《あぜん》とさせられたあたくしでしたが、読み進めていくうちに、なぜか段々とこの日記の主の気持ちが、あたくしの心の中へすっと入ってきたのです。

「ああ、ルーク様……ルーク様ルーク様ルーク様ルーク様ルーク様ルーク様ルーク様」

そして気づいたときにはもう、あたくしはルーク様のことしか考えられなくなってしまっていたのですわ。

「ルーク様ルーク様ルーク様ルーク様ルーク様ルーク様……いずれあたくしが王位を継いだときには、ぜひルーク様を王婿《おうせい》に……うへへへへ……」

◇　◇　◇

「な、何でしょう……？　今、どこかで恐ろしいライバルが出現したような気が……」

ちょうどダリネア王女が、日記によって洗脳されていた頃。

それを記した張本人であるミリアは、なんとなく嫌な予感を覚えて、ぶるりと身体を震わせていた。

だが、すぐに首を左右に振って、

「いえ、きっと気のせいでしょう。それより、一刻も早くアレを捜し出さなければ……っ！　礼拝のために持っていた大事な日記を、まさか無くしてしまうなんて……っ！　あれを万一、ルーク様に見られてしまったら……やばいやばいやばいやばいやばい……っ！」

目を血眼にして、村中を捜し回るミリアだった。

【4巻に続く】

あとがき

こんにちは。作者の九頭七尾です。

少し間が空いてしまいましたが、こうして無事に「村づくり」の第３巻を出版させていただくことができました。

なかなか続巻が出しにくい昨今の出版情勢の中、本当にありがたい限りです。

そして前巻のあとがきで紹介させていただきました通り、『マンガＵＰ！』にて、６月から本作のコミカライズがスタートしております！

皆さんはもう読んでいただけましたでしょうか？

……え？　まだだって？

そんな方に、ぜひとも手に取っていただきたい一冊があります。

それは――

――コミック版「村づくり」の第1巻です！（わー、パチパチパチパチ）

実はこの度、単行本が発売されることとなりました。

しかも、この原作の3巻と同時発売となります。

蚕堂j1さんのお陰で原作の魅力が120パーセント引き出されていると言っても過言ではない素晴らしい作品となっておりますので、ぜひぜひお買い求めいただけますと幸いです。

もちろん、すでに『マンガUP！』で読んだという方にも超おススメです。


それでは謝辞となります。

今回もイラストを担当してくださったイセ川ヤスタカ様、担当編集のI氏をはじめ、出版に当たってご尽力くださった関係者の皆様、今回も大変ありがとうございました。

また、本作を手に取っていただいた読者の皆様にも、心からの感謝を。

ありがとうございました。

九頭七尾

SQEXノベル

万能「村づくり」チートでお手軽スローライフ ～村ですが何か？～　③

著者
九頭七尾
イラストレーター
イセ川ヤスタカ

2021年11月6日　初版発行

発行人
松浦克義

発行所
株式会社スクウェア・エニックス
〒160－8430
東京都新宿区新宿6－27－30　新宿イーストサイドスクエア
（お問い合わせ）スクウェア・エニックス　サポートセンター
https://sqex.to/PUB

印刷所
中央精版印刷株式会社

担当編集
稲垣高広

装幀
冨永尚弘（木村デザイン・ラボ）

この作品はフィクションです。
実在の人物・団体・事件などには、いっさい関係ありません。

ISBN978-4-7575-7562-2 C0093　　Printed in Japan